박현식소설집

나는 누구인가

나는 누구인가

ⓒ박현식, 2024

1판1쇄 인쇄_2024년 11월 11일
1판1쇄 발행_2024년 11월 11일

지은이_박현식
펴낸이_강명옥

펴낸곳_도서출판 코벤트
등록_제419-2020-00004호(2020년 01월 21일)
주소_(26501) 강원특별자치도 원주시 귀래면 운계다둔길 102-6
전화_033-761-5480
이메일_gwbiz@naver.com

이책의 판권은 지은이에게 있습니다. 이 책 내용의 일부를 재사용하려면 반드시 지은이의 서면동의를 받아야 합니다. 잘못된 책은 구입하신 곳에서 바꾸어 드립니다. 이책은 한국예술인복지재단의 일반 예술활동준비금지원사업으로 만들었습니다.

ISBN_ 979-11-984405-9-4
값_20,000원

박현식소설집

나는 누구인가

코벤트

차례

아침향기/7

다시 울리는 성성자/21

최초의 의병/55

바깥촌 김선달/87

플랜 B가 있다/101

나는 누구인가/109

귀래일기/145

깨달음의 길/195

아침향기

새벽닭 울음소리의 자명종 소리에 아침을 맞이하고 서둘러 욕실로 달려간다. 매일 아침이 그렇듯이 하루를 무척이나 분주하게 시작한다. 시집와서 오십년을 넘게 아침을 이렇게 살아왔으니 향순은 지겨울 만도 한데 습관이 되어버린 자신의 몸뚱이에 대해 미련도 없다.

"아범아 일어나야지~"

오늘도 떨리는 맘으로 달려가려면 도움이 필요하기 때문이다. 써금써금한 느낌의 이십년도 넘은 빌라의 한 모퉁이가 창고가 되어 있다. 온갖 잡동사니가 모여 있다. 향순은 초등학교 문턱에도 가보지 못하여 낫 놓고 기역자도 모른다는 말을 듣고 살아왔으니 제대로 글자를 쓸 줄도 읽을 줄도 모른다. 그러니 모든 생활이 얼마나 불편하게 살아온 것인가. 벌써 몇 해째 마음을 다짐하여 온 일이 있다. 올해는 마음먹고 문해학교를 다녀야겠다는 생각을 하지만 해마다 실천에 옮기지 못했지만 올해는 코로나로 장사도 되지 않고 큰 맘 먹고 시작한 일이 문해학교에 다니는 일이었다.

문해학교가 1년 과정으로 열린다는 소리를 듣고 많이도 망설였다. 이 나이에 시작을 하여도 될 것인지. 혼자 맘으로 다짐에 다짐을 다하여 보았다. 낼 모래면 팔십인데, 지금까지 그냥 살았는데, 평생을 시장통에서 굴러온 몸이라 아직까진 다른 동년배에 비해 힘이 넘치고 꾀가 있다고 볼 수 있다.

"어머니 오늘도 가는 거야."
며느리의 응원에 용기가 생긴다.

"상훈이는 일어났냐? 아침밥을 몇 번을 차리게 하는거야"
"상훈아~ 상훈아~"

"알았어 할무이~"
"알았다고"

첫날 첫 시간, 교장 선생님의 인사 말씀이 귀에 쏙 들어 온다. 기필코 졸업장을 따겠다는 다짐을 하여 본다. 첫 시간이라 많이도 왔다. 나의 잘못도 아니고 세상에게 빚진 것도 없는데 왜 이렇게 얼굴이달아 오르고 창피한 마음이 든다, 다음번 시간은 각자 자신을 소개하는 시간을 갖기로 하였다. 벌써부터 가슴이 떨린다. 도대체 나를 어떻게 설명하여야 할 것인가. 제철에 나오는 과일이라면 자신 있게 설명을 할 수 있을 것 같은데, 설령 과일이 아니라 푸성귀라도 자신있게 설명을 하여야 할 텐데 도대체 나라는 사람을 어떻게 설명하여야 할지 먹먹하기만 하다.

"어머니 오늘 무슨 일 있으셨어요. 안색이 안 좋네."
"무슨일은 무슨"
"아이 뭔 일이 있었구먼."

식탁을 나와 방으로 들어와 거울 앞에 앉았다. 칠십여 년을 살아오면서 나는 무엇을 위해 살았는가 생각에 잠겨 본다.

물이 좋기로 유명한 주천에서 태어나 강가에서 자라면서 어렴풋이 전쟁도 겪고 친구들과 산으로 들로 나물을 캐러 다니던 어린 시절이 생각이 난다. 아버지는 소 장사를 하였는데 매일 술독에 빠져 사셨던 기억이다. 그런 날이면 어머니와 큰 다툼이 있었다. 어린마음에 그런 모습이 싫었다. 난 이렇게 시골에서 살지는 않을 것이라 다짐에 다짐을 하였다. 친구들이 학교에 가는 모습이 그렇게 부러울 수가 없었다. 나도 학교에 가면 좋을 텐데. 왜 울 어머니 아버지는 나를 학교에 보내주지 않을까 생각도 하여 보았다. 계집애는 남자 잘 만나 시집만 잘 가면 된다는 것이 부모님의 마음이었던 것이 분명하다.

"가난하지만 금지옥엽으로 키운 외동딸인데 열여덟에 시집을 보낸다니 마음이 놓이지 않는다."

어머니는 눈시울을 적신지만 난 빨리 시집가서 이 삶에서 벗어나고 싶었다. 이름도 얼굴도 모르지만 그래도 오촌당숙이 중매를 섰으니 잘 살아야겠다는 마음으로 아버지의 품을 떠나 원주로 가기로 마음을 먹었다.

물레방아가 있는 첩첩산중에 열댓 가구가 사는 마을이었다. 젊은이라고는 눈을 뜨고 살펴도 볼 수가 없는 마을에 산딸기가 지천에 깔려 있고 도랑에는 가재들이 돌아다니는 마을에서 시작된 신혼살림은 보릿고개가 기다리고 있었다.

"새댁도 먹어 볼껴." 동네 어르신들이모여 개구리를 잡아 불을 피웠다. 시집온 지 몇 달이 되도록 고기구경을 하여 보지도 못하였다. 거기다가 임신을 한 상태라 모든 것이 역겹고 먹고 싶은 것은 구경도 못하는 그런 상황이었다.

"네. 그럼 다리 하나만 주세요."

몇 달 만에 구경하는 고기인가. 역겨운 느낌이 들어 쪼물쪼물 씹다가 뱉어버렸다. 달짝찍한 그 맛은 잊을 수가 없다.

요즘하고 있는 글씨 연습이 그런 맛이라고나 할까. 뱉

자니 아깝고 삼키자니 역겹고, 혼자 중얼거리면서 글자들을 생각하여 본다.

비가 억수처럼 내리는 날 아침 남편은 보이지도 않는데 열아홉의 나이에 단칸방에서 첫 아이를 낳았다. 제대로 먹지도 못하고 지냈지만 그래도 건강한 사내아이를 낳았다. 두세 살 터울로 다섯을 낳았다. 그리고 보니 훌쩍 중년의 나이가 되었다. 주렁주렁 달린 아이들과 먹고 사는 문제가 보통이 아니었다. 삼사 십리는 되는 시장에 무엇이라도 팔아야 살 수밖에 없었다. 나의 부모처럼 아이들을 안 가르치고 싶지는 않았다. 어찌되었건 교육만은 시켜야 한다는 생각에 학교를 보냈지만 월사금을 내기에 항상 벅찼다. 아이들은 시장에 다녀오면 돈이 저절로 생기는 줄로만 아는 것 같았다. 그래도 시장에 다녀오면서 뻥튀기라도 사오는 날이면 파티가 되었다. 셋째 녀석의 재롱이 재미가 있다. 남편복은 없어도 자식복은 있다는 생각으로 살아왔다.

눈이 엄청나게 오는 날 큰아이가 군대를 갔다. 논산훈련소로 간다고 하니 멀기도 하고 그냥 집에서 배웅을 하는 수밖에 없었다. 얼마 후 부산으로 부대배치를 받았다는 군사 우편이 왔다. 편지를 받아들고 옆집으로 달려가 몇 번이고 읽어 달라고 했다. 따뜻한 남쪽나라에서 잘 지내고 있다는 것이다. 너무도 먼 곳이라 면회를 한 번 가지도 못한 것이 항상 마음에 걸린다. 그동안 모은 돈으로 변두리 작은 집을 하나 샀다. 아무래도 시장에 다니는 일도 그렇고 농토도 하나 없는 시골생활보다는 도심지 생활이 낫겠다는 생각이었다. 다섯 남매는 울고 웃고 싸우고 하면서도 아무 탈 없이 잘 자랐다. 한 녀석 한 녀석 커가는 모습을 보면서 나의 삶에도 여유가 왔다. 이제는 며느리가 셋이요 사위가 둘에다 손주만 열둘이나 되었다.

이제와 문해학교에 입학을 한다니 모두가 손가락질 할 것 같아 무척이나 고심에 고심을 하였다. 2년의 시간이 쏜살같이 지나갔다. 학교에서 졸업 작품전을 제출하라고 한다. 머리가 아파진다. 무엇을 어떻게 만들어야 할지 걱정이 태산이다.

가을에서 겨울로 접어드는 요즘 공기는 쌀쌀하고 건조해졌다. 아침에 세수를 하면서 목을 만져봤는데 유난히 볼록 나온 게 느낌이 좋지 않다. 너무 신경을 써서 그런가 생각하였다. 그래도 간호사 물을 먹은 셋째 딸에게 물어 보아야 겠다.
"은경야~ 거 뭐시냐 목에 뭔가 잽히느 것 같아"
올여름 유난히 더워 심장도 빨리 뛰고 에너지를 소모도 많았던 것 같고, 땀도 유난히 많았던 것이 더위를 못참았던 것은 신체적 증상이 있었던 것이다.
다행히 은경이가 발 빠르게 달려와 병원에 입원도 하고 수술도 잘 되었다고 한다.

아무래도 이 번 학기에 졸업은 힘이 들것 같았다. 선생님이 걱정이 되어 전화를 하셨다.

"어머님 좀 어떠세요. 참 열심히 하셨는데 어떡해요. 그래도 건강이 먼저죠."

건강을 잘 챙기라는 선생님의 말씀이 왜 이리도 서운한지. 좀 봐주면 안 되는 것인지.

문해교실은 자식들과 소통의 문이 되고, 손자와 대화의 주제가 되고, 힘없는 늙은이가 아니라 1학년의 마음으로 젊어지는 것을 느낄 수 있었다.

배움이란 나이를 잊게 하고 불통을 소통으로 바꿀 수 있다는 것이다.

나의 느낌과 생각을 글로 쓴다는 것은 더할 나위 없는 기쁨인 것이다.

인간의 최고 자아실현은 무엇인가.

결국 배움이 아니겠는가.

올해는 무척이나 덥고 장마도 많았고 지금까지 겪어보지 못한 세상을 살았다.

창밖에 하얀 눈이 내린다.
나는 소복이 쌓인 눈밭을 노트 삼아 크게 써 본다.

"나는 하창한 날시가 좋다 아침향기가 좋다"

다시 울리는 성성자(惺惺子)

나는 10시가 되면 잠을 청하기 시작한다. 잠을 청하고 잠들기까지는 채 30초가 걸리지 않는다. 다른 날과 마찬가지로 3시 53분에 방울소리가 울렸다. 언제부터인가 스마트폰의 알람소리를 방울소리가 들리도록 하였다. 잠든 나를 깨우기 위함이다. 사실 나는 알람소리가 없어도 제 시간이 되면 잠에서 깨어난다. 오늘은 2월 21일이다.

창밖에는 장대비가 요란하게 창문을 때린다. 장마 때도 아니고 한겨울이 지나간 것도 아닌데. 창문밖에는 장맛비처럼 비가 내리고 있다. 날씨가 나빠 떠나기 싫지만 어차피 마음먹었으니 떠나야 할 것이다. 길을 떠난다는 것은 챙겨야 할 것이 많다. 떠나기 전에 무엇인가 챙기는 것도 귀찮은 일이다. 어제만 해도 일기예보에 전혀 비가 올 것이라는 예보는 없었다. 어차피 떠나기로 한 날이니 떠나 볼 요량이다. 그러나 귀찮고 가기 싫은 부분도 있다. 리모컨을 켰다. 우비를 입은 기상캐스터가 열심히 설명을 하고 있다. 아무래도 쉽게 그칠 비가 아닌가 보다. 요즘 들어 이상기온에다 비소식도 유난히 많다. 날씨만이 그런 것이 아니다. '내가 하면 로맨스, 남이 하면 불륜'이라는 뜻으로, 남이 할 때는 비난하던 행위를 자신이 할 때는 합리화하는 태도를 이르는 내로남불 성격의 뉴스거리도 많다. 이 나라를 구해야 할 관병들은 도망가기에 급급하다.

오늘 내가 찾아갈 사람은 조선의 선비이다. 조정에서 국정을 운영하는 정치세력을 선비라고 말하지는 않는다. 그렇다고 은거만하고 현실을 떠나 있는 사람을 말하지도 않는다. 속세에 사로잡혀 정치권에 이용당하지 않으면서 학문을 바탕으로 현실을 비방하는 사람을 말한다. 수년간 자신이 살아온 삶을 되돌아보면서 무엇인가 새로운 행동을 펼치기 전에 운동화 끈을 다시 매는 기분으로 떠나려고 했는데 비가 억수처럼 쏟아지고 장화를 신어야 할 판이다. 아마도 세상이 너무도 더러운 것이 많아 아침부터 장맛비처럼 쏟아지는가 보다.

똑똑 노크를 하였다. 안에서 들어오라는 목소리가 들렸다.

"아이쿠, 회장님 댓바람부터 어인 일이세요."

국회의원은 애써 반갑다는 표정으로 맞이하면서 거드름을 피워본다.

"저야 의원님께서 항상 잘 보살펴 주시고 국정을 잘 지도해 주시니 항상 감사한 맘으로 감사하다는 맘으로 찾아뵈러 왔습니다. 의원님께서도 안녕하시지요."

싸늘한 바람이 벌써 감지되는 것은 선거가 얼마 지나지 않은 상황에서 도움이 많지 않았다는 생각 때문일 것이다.

"지난 선거에 회장님의 도움으로 배지까지 또 달았으니, 저야 하늘을 날아갈 기분이지요. 다 회장님 덕분입니다. 앞으로도 많이 도와주시면 감사하겠습니다."

"무슨 그런 말씀을...... 제가 열심히 돕기는 했지요."

"김 양! 뭐해. 회장님께 차 한 잔 드려야지"

"차는 마시고 왔습니다. 오늘 찾아 뵌 것은 지난번 말씀드렸던 소상공인들 카드수수료 관련해서 말씀도 드리려고 왔습니다."

"아이쿠, 우리 회장님 성미도 급하셔. 제가 이제 배지 단지 며칠이나 되었다고 그러세요."

벌써부터 감도는 기온이 예상치 않다. 서로가 어떤 이

야기를 하려는 것인지 너무도 잘 알고 있는 것 같다.

오늘은 장거리 운전을 하려고 마음을 먹었다. 350킬로미터의 거리니 쉬엄쉬엄 가겠다는 생각은 하였지만 폭우로 난감한 상황이었다. 그래도 마음먹었으니 출발을 하여 본다. 중앙고속도로를 달려 단양을 지나니 비가 잦아들고 있었다. 비가 와서 그런지 하얀 눈과 푸르른 기운이 돋아날 것만 같은 산하는 너무도 아름답다. 항상 느끼는 맘이지만 내 맘속으로 이런 칼라의 색상을 표현할 방법이 있을까 생각을 하여 본다. 대한민국 사람이 노벨문학상을 받은 이유가 한글이 가진 아름다운 표현을 영어로 잘 표현할 수 있었기 때문이라고 한다. 나는 지금 고속도로를 달리면서 이 자연의 색을 무엇이라 부를까 고민을 하여 본다. 이 자연을 어떠한 방법으로 표현할 색상이 없기 때문이다. 언젠가 5월을 메이그린이라 명명도 하여 보았다. 소백산의 아름다운 자연을 혼자만 느낀다는 것이 아쉽지만 91.9MHz의 라디오에서 흘러나오는 클래식이 이렇게 잘 어울린다는 생각을 하여 본다. 풍기, 영주, 예천을 달려 안동휴게소에 들렸다. 아직 도착지까지는 절반도 오지 못하였다. 안동간고등어로 유명한 고속도로 휴게소에 들러 커피를 한잔할 요령이다.

"나쁜 놈의 새끼들. 국민을 상대로 사기를 치고 있으니"

국회의원은 손사래를 치면서

"회장님. 국민경제를 위한 일들이니 그렇게 생각하시면 안 됩니다."

"안되긴 뭐가 안돼요. 의원님도 벌써 마음이 달라진 것 아닌가요."

"아이, 회장님도 제가 달라지긴 뭐가 달라져요."

카드의 사용은 정부가 앞장서서 사용을 권고하고 있

다. 카드사들의 수익은 점점 높아만 가고 있다. 카드수수료에도 빈부의 격차가 있다면 믿을 수 있겠는가. 잘사는 사람들에게는 수수료를 낮게 책정하고 가난한 영세 자영업자들에게는 수수료를 높게 책정하고 있다는 것을 알고는 세상의 부당함을 알리기 위해 국회의원을 여러 번 찾아가 법을 바꿔 달라고 부탁을 하였던 차라 왜 방문을 하였는지 잘 알고 있는 국회의원은 입장이 곤란한 것 같다. 나는 불의를 보면 참지 못하는 성격 때문에 주위의 미움을 받기도 한다. 나의 믿음이 약해질 때마다 손톱에 매뉴큐어를 바르고 다닌다. 나의 마음을 다지기 위함이다.

김해에 도착해 주동리 원동마을로 들어서니 두 갈래 길이 나왔다. 산해정을 찾아가기 위함이다. 그냥 직진을 하면 산해정을 위해 새로 놓은 다리가 있는데 그것을 모르고 좌회전을 하니 옛날에 남명선생이 이 길을 거닐었다는 생각에 며칠 전 만났던 국회의원을 생각하니 가슴이 다 후련해졌다.

 좁은 길을 따라 올라가니 카페도도 있고 무당 집도 있고 예배당도 있고 농막도 있고, 롤러코스트를 타듯 조심조심 산해정을 찾아 주차장에 차를 세웠다. 때 아닌, 거위가 달려들어 반갑다고 인사를 한다.

 비가 온 뒤라 경내는 질퍽한 곳이 있다.
 "어디셔 오셨데요"
 "저는 원주에서 왔어요"
 "원주하면 강원도지요"
 "그렇죠. 강원도 감자바위가 왔당께요."
 "아 내가 36사단에서 훈련 받고 부대 배치를 받았지요. 원주하면 기억이 많은데 반갑네요. 코로나땜시 방명록에 연락처 좀 적어 주세요. 저...... 안진대로 가세요."
 "안진대로?"

아. 진흙땅을 밟지 말고 가라는 말씀이군요. 산해정은 찾는 사람이 많지 않아 공공근로를 하시는 한 분이 관리를 하고 있었다. 지긋한 공공근로하시는 친절한 분의 안내 한마디에서 나는 머리를 한 대 맞은 기분이 들었다.

내가 오늘 찾아온 남명 조식 선생의 모습이 저 분의 모습이 아니었을까. 세상과 싸워나가데 안 진 곳을 밟아가라는 말씀에 아 그 말이 정답이라는 느낌을 받았다.

조선의 선비.
선비는 조정에서 국정을 운영하는 정치가가 아니다.
그렇다고 현실세계를 떠나 은거했던 이를 말하는 것도 아니다.
학문을 바탕으로 현실을 비판하였다.
세상에 흔들리지 않고, 자신의 학문과 철학을 세상 속에서 펼친 사람을 선비라고 한다.

합천에서 태어나 다섯 살에 장원급제한 아버지를 따라 한양으로 갔다. 서울에서 김해까지는 지금도 먼 거리이다. 이웃에 이준경이라고 영의정까지 지낸 친구가 있어 '지우학(志于學)'이라하여 15세에 학문에 뜻을 두는 나이에는 벼슬을 생각하여 열심히 공부를 하였다. 20세 약관(弱冠)의 나이에 남들처럼 갓을 쓰고 다니기 시작하였다. 26세에 아버지가 돌아가시자 합천 삼가에서 여막(廬幕)을 짓고 시묘살이를 삼년간 했다. 30세 마음이 확고하게 도덕 위에 서서 움직이지 않는 나이인 이립(而立)에 김해 처가인 이곳을 찾았다. 세상일에 정신을 빼앗겨 판단을 흐리는 일이 없는 나이인 불혹(不惑)의 나이를 지나, 하늘의 명을 깨닫는 나이인 지천명(知天命)이 다 되도록 이곳 산해정에서 머물렀다고, 흙냄새가 물씬 풍기는 툇마루에 엎드려 방명록을 기록하고 있는 나에게 공공근로 아저씨는 묻지는 않는 말에 줄줄 이야기를 하였다.

"남명 조식 할아버지는 일생에 있어 가장 중요한 시기를 보내신 곳이 여기죠."

"남명 선생님의 후손인가요?"

"아니에요."

"하루에 몇 분이나 이곳을 찾으시나요?"

"몇 사람 오지는 않아요."

자신은 이 마을에 사는 공공근로로 여름철에는 돈을 더 많이 주는 곳에서 일을 하고 있다고 자신을 소개한다.

"일하신지 얼마나 되셨나요."

"예전에 좀 하다가, 다른 일이 있어 못하다가 이제 6개월째 일하고 있어요."

"남명 할아버지가 8살 때는 많이 아퍼 어머니가 근심을 많이 하시자, 하늘이 저를 낸 것은 무엇인가 할 일을 주고, 그것을 내게 해 내게 하려 함이었을 것이니, 갑자기 요절할 것이라는 근심을 할 필요가 없다고 답해 부모님을 안심시키는 효자였어요."

"물은 가장 낮은 곳을 택하여 간다고 합니다. 산해정은 태산에 올라 바다를 바라보는 기상과, 학문과 인격을 닦는다는 의미가 담겨 있어요."

"남명 선생님의 깊은 뜻이죠. 이곳을 찾은 대표적인 학자들이 누구인지도 아시나요?"

"대곡 성운, 청향당 이원, 항강 이희안, 송계 신계성 등 당대에 최고의 학자들이 선생님을 찾아 오셨지요."

"가장 중요한 나이에 가장 중요한 일을 김해에서 만드셨군요."

기묘사화는 1519년(중종 14) 11월 남곤, 심정, 홍경주 등의 재상들에 의해 조광조, 김정, 김식 등 사림이 화를 입은 사건으로 중종 즉위 이후 정국을 주도한 훈구파에 대해 신진 사림파들이 정계에 진출해 세력을 늘려가면서 갈등을 일으켰다. 특히 사림파들은 중종반정의 공신 중 공이 없음에도 공신이 된 자들을 솎아 내야 한다고 주장하고 이를 일부 관철시켰다. 그러자 훈구파들은 사림파들이 붕(朋)과 당(黨)의 합성어로서, 붕은 같은 스승 밑에서 동문수학하던 무리를 말하며, 당은 이해관계를 중심으로 모인 집단을 지칭한다는 붕당을 지어 왕권을 위협하고 국정을 어지럽힌다고 해 중종은 이를 수용해 사림파들을 숙청했다. 이후 훈구파가 다시 정계의 중심이 되었으나 사림의 대세는 막을 수 없었다.

남명 조식이 진정한 학자로서의 기반을 다진 곳이 이곳 산해정이며, 기묘사화 이후 정치권력에 의해 겪었던 사림의 기풍을 다시 일으켜 세우는 구심점이 된 것이다.

중종은 성종의 둘째 아들이며 연산군의 이복동생으로, 어머니는 정현왕후 윤씨(貞顯王后尹氏)이며, 비(妃)는 좌의정 신수근(愼守勤)의 딸 단경왕후(端敬王后), 제1계비(第一繼妃)는 영돈녕부사 윤여필(尹汝弼)의 딸 장경왕후(章敬王后), 제2계비는 영돈녕부사 윤지임(尹之

任)의 딸 문정왕후(文定王后)이다. 1494년(성종 25) 진성대군(晉城大君)에 봉해졌다.

1506년(연산군 12) 연산군 재위기간 동안의 잇달은 사화(士禍)와 실정(失政)에 반감을 품은 성희안(成希顔), 박원종(朴元宗), 유순정(柳順汀) 등에 의해, 1506년 음력 9월 2일 연산군이 왕 자리에서 쫓겨나고 진성대군이 왕위를 잇게 되었다. 왕의 횡포에 염증이 난 관료들이 난데없이 중종을 추대하여 팔자에 없던 왕이 되었다. 이 사건을 '중종반정'이라 하는데, 왕이 된 진성대군의 묘호가 '중종'이기 때문이다.

쿠데타라고 할 수 있는 반정이 발생한 이유는 연산군이 무오사화와 갑자사화를 일으켜서 많은 선비들을 희생시켰고, 국가 최고의 학교인 성균관을 폐지하여 연회 장소로 이용하였으며, 사대부 부녀자를 농락하는 등 사치스럽고 방탕한 생활이 도를 넘었기 때문이다.

갑자기 세상이 캄캄해졌다. 비가올 태세도 아닌데.......

하늘에서 메타버스 처럼 무엇인가 나타나기 시작하였다. 남명 조식선생님의 상소문이었다.

공공근로 아저씨의 목소리로 상소문이 생생하게 들린다.

경상도 진주에 사는 백성 조식은 진실로 두려운 마음으로 삼가 절하고 머리 조아리며 주상전하께 아룁니다. 보잘 것 없는 신은 더욱 노쇠하고 병이 깊어 입으로는 먹고 싶은 생각이 없고 몸은 자리에서 일어나지 못합니다. 부르는 임금님의 명이 거듭 내려와도 곧바로 달려갈 수가 없고, 해바라기가 해를 바라보듯 임금을 향한 생각은 간절해도 길을 떠날 수가 없습니다. 신이 죽을 날이 얼마 남지 않아 임금님의 은혜를 갚을 길이 없겠기에 감히 속마음을 다 쏟아 임금님께 아룁니다. 주상전하께서는 상등 가는 지혜를 타고나셨고 또 정치를 잘하겠다는 마음을 갖고 계십니다. 이것은 진실로 백성과 국가의 복입니다. 정치를 하는 방법은 다른데서 구할 것 없고, 다만 임금이 착한 것을 밝히고 몸을 정성스럽게 하기만 하면 됩니다. 이른바 착한 것을 밝힌다는 것은 이치를 궁구하는 것을 말함이요, 몸을 정성스럽게 한다는 것은 몸을 닦는 것을 말합니다. 사람의 본성 안에 온갖 이치가 다 갖추어져 있사오니 인의예지(仁義禮智)가 곧 그 주체입니다. 몸은 마음을 담는 그릇입니다. 이치를 궁구하는 것은 장차 쓰기 위해서이고, 몸을 닦는 것은 장차 도를 행하기 위해서입니다. 이치를 궁구하는 방법은 글을 읽어 이치를 밝히고 사물에 응함에 있어 그 당연한 길을 구하는데 있습니다. 몸을 닦는 방법은 예가 아니면 보지도 듣지도 말하지도 움직이지도 않는 것입니다. 안으로 마음을 간직하여 홀로 있을 때를 삼가하면 큰 덕을 이룰 것이고 밖으로 살펴서 힘써 행하면 왕도정치가 될 것입니다. 이치를 궁구하고 몸을 닦고 마음을 간직하고 살피는 큰 공은 반드시 경으로써 주를 삼아야 합니다. 이른바 경이랑 가지런히 하고 엄숙히 하여 마음이 깨어 흐릿하지 않는 상태로서 마음을 주재하고 온갖 일에 응하는 것입니다. 경으로써 마음을 바르게 하고 행동을 반듯하게 할 수 있는 것입니다. 공자가 말한 "자기를 닦는데 경으로써 한다." 하는 것이 바로 이것입니다. 그래서 경을 주로 하지 않으면 천하의 이치를 궁구할 수 없습니다. 이치를 궁구하지 않으면 사물의 변화를 통제 할 수 없습니다. 마치 부부 사이에서 다스리는 실마리가 싹터서 가정과 국가, 나아가 천하를 다스리는 데로 확장되어 가는 것과 같습니다. 그런 이치도 단지 착하고 악함을 구분하여 내몸을 정성스럽게 만드는데 있을 따름입니다. 아래로 인간의 일을 배워 위로 하늘의 이치에 통달하는 것이 또 그 공부하는 차례입니다. 인간의 일은 내버려두고서 하늘의 이치를 이야기하는 것은 입에 발린 이치일 뿐입니다. 자신에게서 반성해보지 않고 들어 아는 것이 많은 것은 귀 언저리의 학문에 지나지 않습니다. 하늘의 꽃이 어지러이 떨어진다고 말하지 마십시오, 그런 것에는 몸을 닦는 이치가 전혀 없습니다. 전하께서 과연 능히 경으로써 자신을 닦아 하늘의 덕에 통달하고 왕도정치를 행하여 반드시 지극히 착한 경지에 머무를 수 있다면, 착한 것을 밝히고 몸을 닦는 일이 아울러 이루어져 사물과 자신에게 있어 할 수 있는 도리를 다하게 될 것입니다. 그렇게 된 바탕에서 정치와 교화를 행한다면 마치 바람에 풀이 쓸려 넘어지듯 구름이 몰려가듯 효과가 바로 나타 날 것입니다. 위에서 최선을 다해서 하면 아랫사람 가운데는 그보다 더 열성적인 사람이 있게 되는 법입니다. 왕의 학문은 보통 사람의 학문과 다른 점이 있고 , 실행함에 있어서는 더욱 중요합니다. 구경 가운데 주역은 때에 따라 옳게 행하는 듯이 가장 잘 나타나 있는 책입니다. 지금 정사는 임금님의 정신이 나타나지 않고 은혜로 봐주는 것이 많습니다. 명령은 정상적으로 나오는 것은 없고 모두 어긋나게 나오고, 기강이 서지 않은지 몇 대가 되었습니다. 대단한 위엄으로 떨쳐 일으키지 않으면 갈래갈래 풀어 흐트러진 형세를 수습할 수 없습니다. 큰비가 내리듯 적셔주지 않으면 7년 가뭄에 말라비틀어진 풀을 소생시킬 수 없습니다. 반드시 훌륭한 정승을 얻어 상하가 한마음으로 형통하여 한배를 탄 사람들처럼 된 뒤에라야 이 어지럽고 다급한 현실을 구제할 수 있을 것입니다. 그러나 사람을 등용하는 일은 임금님이 손으로 할 수 있는 일이 아니고 임금님 자신이 모범을 보여야 할 수 있는 일입니다. 임금님 자신이 수양되어 있지 않으면 임금님에게 사람을 알아보는 눈이 생길 수 없습니다. 눈이 없으면 누가 착하고 누가 나쁜지 알 수가 없어 사람을 등용하고 버리는 일을 잘못하게 됩니다. 인재를 임금이 알아서 쓰지 못한다면, 임금은 누구와 함께 정치를 이룰 수 있겠습니까? 옛날 나라의 형편을 잘 파악하는 사람은 그 나라의 손에 달려 있지 다른 곳에 달려 있지 않습니다. 그러한즉 임금이 몸을 닦는 것은 정치가 나오는 근본이고 어진 인재를 등용하는 것은 정치를 하는 근본입니다. 또 몸을 닦는 것은 인재를 등용하는 근본입니다. 온갖 훌륭한 말이 자기 몸을 닦고 인재를 등용하는 것에서 벗어나는 것은 없습니다. 사람을 등용하는 일이 잘못되면 군자다운 사람이 초야에 있게 되고 소인이 나라를 마음대로 하게 됩니다. 옛날부터 권세 있는 신하가 나라를 마음대로 하거나 외척이 나라를 마음대로 하는 일은 간혹 있었고 여인이나 내시가 나라를 마음대로 하는 일도 간혹 있었습니다. 지금처럼 서리가 나라를 마음대로 하는 일은 아직 듣지 못했습니다. 정치가 대부에게서 나와도 안 되는데 하물며 아전에게서 나와서야 되겠습니까? 단단한 큰 제후의 나라에서 200년 동안 지속해 온 왕업을 많은 공경대부들이 앞서거니 뒤서거니 해서 아전들에게 넘겨준단 말입니까? 이런 일은 너무도 부끄러워 소의 귀에도 들리게 해서는 안 될 것입니다. 군민(君民)에 관한 여러가지 정치와 나라의 기무가 모두 아전들의 손에서 나옵니다. 세금으로 바치는 베나 곡식도 우수리를 더 얹지 않으면 통하지 않습니다. 대궐로는 재물이 모여들지 몰라도 팔도에서는 민심이 흩어질 대로 흩어져 열에 한 사람도 남아 있지 않습니다. 심지어는 각 고을을 아전들 각자가 자기들끼리 할당하여 마치 자기 사유물인 양 문서로 작성하여 자손들에게 물려주기까지 합니다. 각 지방에서 바치던 특산물을 일절 바치지 못하게 하여 지금까지 특산물을 바쳐왔던 사람들은 온 가족이 가산을 팔아 아전들에게 뇌물을 바치는데 100배 정도로 많이 바치지 않으면 아전들이 받지를 않습니다. 한번은 그렇게 바칠 수 있지만 계속 그렇게 할 수 없어 도망가는 사람들이 속출합니다. 어쩌다가 여러 왕조를 거쳐 지속되어 온 고을과 백성들이 바친 특산물은 날다람쥐 같은 아전들이 나누어 가지게 되었는지요? 전하가 다스리는 한 나라의 재산이 도리어 아전들의 방납하는 물건이 되어서야 되겠습니까? 비록 옛날에 나라를 가로챈 왕망이나 동탁같은 간신들도 이런 짓을 한 적이 없고, 망한 나라도 이런 적은 없었습니다. 아전들이 이런 짓을 하고서도 만족하지 않으니 이들은 나아가 임금님의 내탕고(임금의 사재를 보관하던 창고) 마저도 훔칠 것입니다. 나라에 비축해둔 것이 조금도 없다면 그 나라는 나라가 아닙니다. 임금 바로 아래에 도적이 가득 차 있고 나라는 텅텅 빈껍데기만 끌어안고 있습니다. 온 조정의 관리들이 목욕재개하고서 멋대로 날뛰는 이런 아전들을 쳐 없애야합니다. 혹 힘이 부족하다면 사방에 호소해서 왕을 위해서 군사를 동원해야 합니다. 편안히 먹고 자고 해서는 되지 않습니다. 어떤 좀도둑이 있다면 잡아 죽이는데 하루도 걸리지 않을 것입니다만, 아전들이 도적이 되어 각 관청의 아전들끼리 서로 짜고서 나라의 심장부를 차지하여 나라의 혈맥을 해치고 있으니 나라를 망친 뒤에라야 그칠 것입니다. 그런데도 나라의 법을 맡은 관리들은 따져 묻거나 심문하지도 않습니다. 혹 어떤 관리가 규찰하려고 하면 아전들의 농간에 의해 견책을 받거나 파면 되고 마니 뭇 관리들은 팔짱을 끼고서 녹만 받아먹고 아전들의 비위나 맞추어 지낼 뿐입니다. 아전들이 믿는 데가 없다면 어찌 이렇게 기탄없이 멋대로 날 뛸 수 있겠습니까? 이런 것을 두고 조나라 왕이 말한 "총애 받는 도둑이 있어 제거할 수 없다."는 격입니다. 약은 토끼가 도망갈 굴을 세 개나 준비하듯이 냇가의 조개가 껍질 속에 몸을 감추듯, 아전들이 남을 해치고 온갖 일을 꾸며내고 있는데도 나라에서도 다스리지 못하고 있습니다. 이런 아전들과 한통속이 되어 뒤를 봐주고 있는 관리들은 과연 어떤 사람인지요? 전하께서 벌컥 노하셔서 기강을 떨쳐 재상들을 불러모아 그 원인을 따져 묻고, 임금님의 뜻으로 결단해서 나쁜 무리 들을 완전히 제거하고 백성의 뜻을 존중해야 할 것입니다. 만약 언관들이 처벌해야 한다고 간쟁한 뒤에야 마지못해서 처벌한다면 누가 착한지 누가 악한지 누가 옳은지 누가 그런지를 임금님이 파악하지 못하여 결국 임금의 도리를 잃게 됩니다. 임금이 임금의 도리를 잃고서도 백성을 다스릴 수 있겠습니까? 그러므로 임금이 밝은 덕을 밝히면 사물을 보는 눈이 거울처럼 밝아지게 되어 비추지 않을 물건이 없습니다. 임금이 그렇게 된 뒤에 덕과 위엄을 가하면 백성들에게 바람에 풀과 나무가 쏠려 넘어지듯 그 영향이 미칩니다. 임금이 바르게 다스리면 백성들은 임금의 명령을 열심히 받들기에 겨를이 없을 것입니다. 그런 때가 되면 어찌 간사한 사람이 한 사람인들 용납될 수 있겠습니까? 정치를 어지럽히는 높은 벼슬아치에게는 정해진 형벌이 있습니다. 윤원형 같은 권세 있는 간신도 옳게 처벌했는데 하물며 여우나 쥐새끼 같은 이런 아전들이야 형틀에 그 피를 묻힐 것도 없습니다. 한 차례 뇌성과 비바람이 몰아치듯 한번 임금님의 위엄을 펴시면 모든 문제가 다 해결될 것입니다. 임금이 위에서 몸을 닦으면 아래에서는 나라가 잘 다스려질 것입니다. 지금 우리나라에서 벼슬하는 사람 가운데 훌륭한 재상감이나 부지런히 일하는 인재들이 많습니다. 그러나 간신들은 자기들의 뜻에 거슬리는 사람들은 제거하면서도 간사한 아전들이 나라를 좀먹고 있는 것은 용납하고 있으니, 이들은 자기 일신을 위해서 일하는 것이지 나라를 위해서 일하는 것이 아닙니다. 신은 깊은 산골에서 쓸쓸하게 살며 아래위로 나라의 형세를 살펴보고 탄식하다가 눈물을 흘린 적이 여러 번 있습니다. 신은 전하와 군신의 관계를 맺은 적이 한 번도 없습니다. 그런데도 임금님의 은혜에 감격하여 탄식하다가 눈물을 스스로 주체하지 못하는 것은 어째서이겠습니까? 관계는 얕으면서 깊은 관계의 말을 하는 것은 실로 신에게 죄가 있다 할 수 없습니다. 생각해보건대, 이 몸이 이 땅에서 나는 곡식을 먹으며 살고 있고, 여러 대를 이 땅에 사는 백성인 데다가 외람되게도 3대에 걸쳐서 임금님이 벼슬하러 나오라고 부른 장사가 되었습니다. 주상전하께서 부르시는데 어찌 한마디 말을 하지 않을 수 있겠습니까? 옛날 주나라의 어떤 홀어미는 베를 짜다가 베틀에 씨줄이 떨어진 것은 걱정하지 않고 나랏일을 걱정했다고 합니다. 신이 전날에 상소할 때 바쳤던 '구급' 두 글자에 대해서 전하께서 불 속에 사람을 끄집어내듯 물에 빠진 사람을 건져내듯 급히 서두르신다는 소문을 아직 듣지 못했습니다. 전하께서는 다만 "늙은 선비가 강직한 체 하려고 해보는 소리일 뿐이니 생각을 움직여볼 것도 없다"라고 생각하고 계신 듯합니다. 하물며 제가 아뢴 임금의 덕에 관한 말이 옛 사람들이 이미 아뢴 말의 궤도를 벗어나지 않음에 있어서이겠습니까? 그러나 궤도를 경유하지 않으면 나아갈 길이 없는 법입니다. 임금의 덕을 밝히지 않고서 나라를 다스리려고 하는 것은 마치 배도 없이 바다를 건너려고 하는 것과 같으니, 배도 없이 바다를 건너려고 하면 물에 빠져 죽을 뿐입니다. 지금 나라의 사정은 신이 전날 상소하던 때보다 훨씬 더 급박합니다. 전하께서 만약 신의 말을 버리지 않고 너그럽게 수용하신다면 신은 전하의 용상 아래 있는 것과 같습니다. 어찌 꼭 신의 늙고 추한 모습을 본 뒤에라야 신을 썼다고 말 할수 있겠습니까? 또 들으니, 임금을 섬기는 사람들도 형편을 살펴본 뒤에 벼슬하러 들어간다고 하는데, 전하는 어떤 임금인지 알지 못하겠습니다. 전하께서 만약 신이 한 말을 좋아하지 않으시면서 한갓 신을 만나려고만 하신다면 헛일을 하시는 것입니다. 지금 전하의 사람 알아보는 눈이 밝은지 어두운지에 따라 앞날의 정치에 득실을 예측하고자 합니다. 엎드려 바라던데 전하께서 신의 상소를 굽어 살펴주시옵소서 신은 두려워 어쩔 줄 몰라 하며 죽음을 무릅쓰고 아뢰나이다.

하늘에는 남명 조식 할아버지의 모습이 나타났다가 사라졌다.

꿈인가 생시인가 구분이 가질 않았다.

"요즘 4차산업 시대라고 하는데, 옛날과 변한 게 없는 것 같아요."

"사람 사는 세상이 다 그런 것이 아니겠어요."

공공근로 아저씨는 팩으로 된 음료수와 김밥 한 줄을 건넨다.

나는 극구 사양을 했다.

"오늘 점심인가 본데 저를 주시면 제가 또 한 사람을 굶기는 것 밖에 더 되겠어요. 식사가 부실한데 괜찮은지요."

아마도 산해정에 왔기에 더 그런 생각이 많이 드는 것일 것이다. 따뜻한 정이 있고 안진 곳으로 걸으라는 공공근로 아저씨의 한 말에서 김해의 따뜻함이 묻어 나오고 있었다. 나는 약속이 있어 사람을 기다리고 있으니 그 분과 점심을 먹어야 하니 어서 드시라고 말했다. 공공근로는 여기서 1킬로미터 정도가면 유명한 추어탕집이 있으니 그 곳에서 식사를 하라고 자세하게 안내를 해 주었다. 친절하게도 인사를 꾸벅하면서 자신의 자가용인 낡은 트럭에 올라탔다. 유리창 안으로 보이는 그는 김밥을 꾸역꾸역 먹고 있다. 자신의 자리에서 최선을 다하고 자신이 가진 모든 것을 줄 수 있는 아름다움을 느낄 수 있다. 나는 약속한 그녀가 올 때까지 좀 더 경내를 둘러보기로 했다. 그녀는 약속시간보다 한 시간 반이 훌쩍 넘었는데 오지를 않고 있다. 산해정의 곳곳에는 그 누군가가 살았던 흔적이 많았다. 아마도 집 없는 거렁뱅이가 살았을 것이며, 그 들의 따뜻한 보금자리가 되었을 것이다. 누군가 관리하는 사람이 없었을 이곳에는 식민지시대를 보냈고 광복을 맛보았고, 6.25동란도 겪고 근대화에 묻혀 사람들이 도회지로 떠난 후에도 이 자리를 지키고 있었을 것이다. 지금은 시에서 관리를 하고 있으니 예전보다는 한층 멋스럽게 보이고 있을 것이다. 멋을 부리는 사치가 아닌 여학생의 치맛단 보다 남명 조식선생님의 두루마기는 더 짧았을 것이다. 가진 것이 없이 후학을 기른다는 것은 예나지금이나 무척이나 고역의 세월이었을 것이다. 그의 제자로 김효원, 동강 김우옹, 한강 정구 등 저명한 학자들과 정인홍 등과 같은 관료학자, 의병장 곽재우가 배출되었다. 일반적으로 낙동강을 경계로 오늘날의 경상남도 지역을 중심으로 학맥을 형성하였다.

남명 조식 선생님의 김해생활을 이해 할 때쯤 그녀가 도착했다.

"오늘 점심, 추어탕 어떠세요."

"나, 원주에서 왔어요. 추어탕은 원주추어탕과 남원추어탕이 유명하지요."

공공근로 아저씨의 설명이 없었더라도 추어탕을 먹을 판이었다.

거참 우연치고는 절묘하다.

어려운 형국 속에서 우리가 바라는 것은 무엇일까.

대부분의 사람들에게 완벽한 결과를 기대하지는 않는다. 지구는 나를 중심으로 돌아가지 않는다고 생각했다. 세상은 공평하지 않다고 생각했다. 그러나 결국 사람들은 승리할 것이다. 고향인 경남 의령에서 스스로 의병을 조직, 붉은 비단으로 된 갑옷을 입고 활동하여 천강홍의장군(天降紅衣將軍)이라는 별명을 얻었으며 그의 용맹성에 놀란 왜병들은 곽재우(郭再祐)의 이름만 들어도 두려워했다고는 그 또한 벼슬에 나가지 않고 한가로이 시를 읊고 술과 낚시로 세월을 보내던 시골 선비였으나, 남명 조식 선생님의 문하에서 공부할 기회가 있었고, 그 인연으로 조식의 외손녀와 혼인했다.

돌아오는 길에 우리가 그토록 바라던 삶을 살다 가신 남명 조식 선생님의 성성자 방울 소리가 은은하게 들려온다. 썩어진 세상 때문에 여태까지 묻혀있던 남명 조식 선생님의 성성자가 울림으로 김해는 실천의 학문 세계와 선비정신을 배우는 도량이 될 것이라고 어디선가 울림이 들린다.

 방울 소리는 오늘도 멈춤이 없다. 흔들림은 바람 때문일 것이다. 바람이 멈춘 듯하여도 멈춤이 없는 것은 둥근 지구가 계속 돌고 있기 때문일 것이고, 멈추고 싶어도 빙글빙글 계속 돌기 때문일 것이다.

최초의 의병

나는 중학교에서 역사 선생님이다. 역사를 가르치면서 항상 죄스러운 마음으로 살아간다. 특히 고향 김해를 방문할 때 그런 생각이 더 많이 든다. 사충신은 임진왜란 때 김해를 지킨 네 분으로 우리나라 최초의 의병장 송빈, 의병장 이대형, 의병장 김득기, 의병장 류식을 칭하는 말이란다. 임진왜란 당시 김해평야와 김해성을 나흘 동안 사수하며 임진왜란 초기에 시간을 벌어주고, 진주와 경상도 서쪽의 의병이 모이게 하였던 전투이었으며 이순신 장군이 바다를 지킬 수 있도록 시간을 만들어 주었단다. 잘 알려지지는 않았었지만, 임진왜란 최초의 의병이란다. 역사는 기록에 누가 기록하느냐에 따라 달라진단다. 국가가 위기에 처했을 때 지도자가 어떤 역할을 하였는지에 따라 그를 믿고 따르게 되는 거란다. 김해에는 훌륭한 사충신이 있으셨기에 오늘의 우리가 있는 거란다. 모든 기록이 음력으로 되어 있으니 어려울 테니 양력으로 바꾸어 보았단다. 이젠 글로벌시대에 맞게 우리도 양력으로 생각해 보는 것이 좋지 않겠니. 시사소설이라는 장르는 처음 보는데 무슨 의미를 말하는지 생각하게 한단다.

"오늘 병훈이가 함께 하니 김해가 새롭게 느껴지네"

"선생님 김해시는 5월 말이라 해도 온도가 27℃까지 올라갈 정도로 봄철에도 따뜻하고 습한 날씨를 보이며, 자외선 지수가 높아 엄마가 선크림을 많이 발라주셨습니다."

"병훈아! 임진왜란이 몇 년도 일어났는지 아니?"

"선생님 제가 아무리 중학교 3학년 어린 학생이라지만 그 정도는 기억합니다. 1592년 맞죠?"

"우리 병훈이 대단한데, 선생님이 아무 걱정을 하지 않아도 될 것 같네"

"선생님 저는 음력이라고 하면 잘 이해가 되지 않아요. 매년 양력과 차이가 크니 양력으로 설명해 주시면 좋을 것 같아요."

조선침략의 의도를 굳힌 일본에서는 도요토미 히데요시(豐臣秀吉)의 명령에 의하여 제1번대 코니시(小西行長), 제2번대 카토오(加勝淸正), 제3번대 쿠로다 나가마사(黑田長政) 등 왜장 수십명이 이끄는 조선상륙군 18만 8천 7백명과 700여척의 병선과 이에 따른 전쟁장비를 갖고 조선전쟁을 도발한 것이다. 왜군이 최초 부산포에 나타난 것은, 5월 23일 오후 5시경이었다. 다음 날 아침 해상에서 진용을 갖추며 하루를 지낸 왜적의 집중공격을 받은 부산진성의 첨사 정발 장군과 동래성을 지키고 있던 동래부사 송상현은 수 많은 왜군을 상대로 끝까지 싸우다 여러 장군들과 순국하고 말았다. 동래성을 함락한 뒤 왜군 1번대 코니시가 5월 27일(음력 4월 17일) 김해시 생림면 도요저 대안에 있는 까치원 전투후 밀양부사 박진이 지키는 밀양성을 공략하고 있을 즈음, 일본은 김해성을 공략함으로서 일본 본토와 조선반도의 침공에 중간기점을 이용하려는 요새지구로 확정하고 또한 중부경남의 통로로 만들고자 했다. 제3번대 쿠로다 나가마사가 통솔하는 병력 1만 3천여명과 병선 수십 척이 부산 앞바다에서 다대포 성산포 수로로 녹산면 성산 북쪽 장락포를 경유하여 죽도에 정박하여 최종 전투에 대비하는 한편, 우리나라 말을 잘하는 장병으로 하여금 김해의 지세를 살피고 조선의 허세를 정탐하여 만반의 전략을 채우고 있었던것이다. 이 얼마나 끔찍한 일이며 자기네들 선조에게 문화와 문명을 심어준 옛 가야의 고도 김해를 감히 넘겨보고, 또한 그들의 선조가 살아온 고향 땅을 피바다로 몰아붙이려 하다니 도덕과 예의도 모르는 웬 갓 잡배들이 아닌가.

그러나 김해성에서는 설마 하고 모르고 있었다.

경상좌수사 박홍은 나중에서야 부산성 함락 소식을 듣고 경상좌수영(동래구 수영)을 버리고 언양, 경주로 도주하였다. 박홍은 자신이 할 수 있는 일은 아무 것도 없다고 생각하였다. 자신의 위치에서 역할을 하라고 경상좌수사로 보낸 것 이것만.

"상감마마 지금 왜군이 침략했습니다. 저는 어찌할 바를 모르겠습니다."라는 장계만을 조정에 올렸다.

경상우수사 원균은 맨 먼저 적을 발견하여 해상에서 적의 침공을 저지해야 할 책임이 있음에도 불구하고 적이 거제도 가까이 접근하고 있다는 소식을 듣고도 전략상이라며 전 함대를 파괴하고 군 기물을 바다에 던진 후 사천 곤양으로 도망했다.

경상감사 김수도 부산성, 동래성의 함락 소식을 듣고 어찌할 바를 모르고 여러 고을에 격문을 보내어 백성에서 피난 떠나기만을 지시하고 거창방면으로 후퇴했다.

"아 글쎄 쪽바리들이 엄청나게 많이 처들어 왔다는구면".
"나쁜 새끼들"
"군수 나리들도 다 도망갔다며"
"우린 어쩌면 좋지"
고을마다 이 소식을 들은 성 내외에서는 군인과 부민은 혼잡을 이루었다.
여기 불난 집에 부채질하는 것처럼 사람들은 부화뇌동 하였다.

창녕군수 이철용, 창원군수 장의국, 의령군수 오응창 등의 수령들은 왜국의 대군이 침입했다는 정보에서 개인의 목숨이 경각에 달렸다고 생각하니 용병술과 전투에 임한 군사는 생각 밖이었으며, 소문은 과장되게 거쳐 20만 대군이 다음날에 40만, 50만 대군이라고 떠벌린 상태다 보니 벌집을 쑤신 듯 웅성거렸다. 당시 상황으로는 어찌 마음이 동요되지 아니하겠으며 아비규환의 연속이 아니겠는가.

"옛 가야의 얼이 담긴 김해는 유구한 역사를 통한 민족적 정기와 기백으로 다져졌기에 어려운 정세 아래 질풍처럼 휘몰아온 왜적의 대군앞에 국가와 민족의 운명은 참으로 광풍앞에 작은 등불과 같지만, 왜군에게 굴욕의 무릎을 굽힐 수는 절대 없다".

김해부사 서예원이 수장으로 있는 김해성은 높이가 3미터 93센티미터이고 적대 20개, 문 4개, 우물 28개, 해지주위 1,418, 여장 60.6센티미터였으며, 초계군수 이유검과 함께 일반군인을 동원하여 성을 경계하고 있었다.

"나 김해부사 서예원은 쪽바리 일본 대군이 몰려온다

지만 나는 결코 당황하거나 허둥지둥하지 않을테니 여러분들은 나를 믿고 따라 주시기 바랍니다."

어찌할 바를 모르는 참모들과 상의하여 고을에서 평소 덕망이 재덕을 겸비한 송빈과 이대형에게 협력을 청할 것을 결정하고 하계면 대종리에 살고 있던 송빈과 좌부면 활천리의 이대형에게 각각 글을 보내어 적과 싸울 것을 부탁하였다.

"지금 일본군들이 처들어 왔으니 저와 함께 힘을 합쳐 일본군을 무찌릅시다."

구원의 글월을 받고 이대형은 형 이대윤에게 "형님 저는 지금 김해성으로 들어가 적과 싸울 것이니 형님께서 집안을 잘 지켜 주셨으면 고맙겠습니다."

"자랑스러운 동생. 나는 나라에 어려운 일이 생겼을 때 앞장서주는 동생이 자랑스럽네."

기쁜 마음으로 허락하고 젊은이 100명을 모아서 크게 격려까지 해주니 이들을 대동하고 진남문(부원동 9통)

을 맡았다.

한편, 송빈 아들은 "아버님 지금 일본군들은 총까지 가지고 왔답니다. 아버님이 잘못되시면 우리 집안은 어떻게 하라고 그러십니까." 사지에 들어가려는 아버지를 만류하는 아들의 간곡한 애원도 아랑곳하지 않고, 송빈은 분연히 입성하여 중군참모의 직책을 맡았다.

한편, 김득기는 "선조 대대로 벼슬을 하여 국가로부터 받은 은혜 또한 깊을 뿐 아니라 일찍이 무과에 급제하였다. 국가가 어렵게 되었는데 내가 가만히 있을 수 있겠느냐." 김득기는 당시의 국내정세에 벼슬로 입신출세할 때가 아님을 알고 고향인 거안리(김해 내동)에 돌아와 지극한 효성으로 부모를 섬기며 유유자적한 세월을 보내고 있었으나 위국 충심은 잠시도 잊지를 않았다. 때마침 왜적이 김해성을 공격할 것이라는 소식을 듣자 분함을 참지 못하여, 옷자락을 부여잡고 간곡히 입성을 만류하는 17세의 6대독자 외아들에게 평소에 입던 도포 한 벌과 한 줌의 머리칼을 잘라주며 "내 이미 살아서 돌아오지 않기를 결심하였으니 이 것으로서 너의 어머니 죽은 후에 합장하여라"고 말하고 병상에서 신음하는 부인 신씨와도 작별하여 죽음을 이미 각오하고 성안으로 들어가니 서예원 부사가 크게 기뻐하며 해동문(동상동 1통)을 맡아 싸우게 하였다.

류식은 조상 대대로 귀족 세력으로 대대로 내려오는 집안의 사회적 신분이 높았다. 어릴때부터 총명하고 재덕을 겸비한 견식 높은 선비였다. 그러나 벼슬에는 뜻이 없고 세속에도 관여하기를 싫어하였으나 나라의 어지러움을 걱정하는 마음만은 잠시도 잊지 아니하였던 것이다. 그러나 항상 조부 수사공이 세운 낙오정에 기거하면서 세월을 보내니 사람들이 낙오처사하였다. 하동면 선산(김해 대동면)에 있다가 왜적과 싸을 것을 의논하니, "선세 대대로 문벌한 집안이고 지중한 국가의 은혜를 잊을 수 없으니, 우리 식구들은 나를 따라 김해성으로 가서 일본군과 싸우자"라며, 수십 명까지 같이 가게하여 이들을 거느리고 입성하여 적과 싸웠다.

송빈, 이대형, 김득기는 김해부사 서예원 그리고 구원 온 초계군수 이유검과 같이 협력하여 성을 보강하고 장병들의 사기를 돋우게 되니 적을 무찌르려는 의기가 충천하였고, 더욱 류식도 함안 이영 평민의 몸으로 장정 50며을 동원하여 여기에 합세하게 되니 사시가 더욱 높게 되었으며 죽음으로 적을 물리치겠다는 기상은 강철같이 단결하였다.

그러나 제3번대장 쿠로다 나가마와 부장 오토모 요시츠네(大友吉統) 등이 1만 3천명의 대군과 당시 포루투칼에서 수입한 우수한 조총으로 무장하고 있어 전투력에서 보잘것없는 화력과 군사에는 몇 십배 우월한 위치에 접하는 중과부족의 상황이었다. 마침내 적은 5월 29

일 새벽 성밖에 당도하여 성을 이중 삼중으로 포위하고는 각종 화살과 철포를 성중으로 퍼부었으나 성중에 군사들은 결사적으로 응전하기 시작했다. 적이 쉽사리 함락하지 못한 이유는 김해성이 원래 높고 견고하여 성벽 주위에 파져 있는 성호가 매우 깊어서 성에 접근하기가 힘들었기 때문도 있지만 더욱 중요한 것은 죽음을 각오한 애국의 의지가 얼마나 충전했던가를 짐작할 수 있게 한다.

"우리는 죽음을 각오하였다. 김해성을 지키면 한양성으로 가는 일본군들의 진로를 막는 것이다"
"우리는 승리한다. 여기서 죽겠다."
"내 몸을 이 나무에 묶어 주세요"
"장군! 장군의 생명이 몇 개 있는 것도 아닌데 그 각오라면 꼭 이길 수 있을 것입니다"
"저 들이 아무리 좋은 무기를 가지고 있다고 하지만 나를 죽이지 않고서는 김해를 지나가게 할 수는 없소"

사관(射官) 백응량 같은 사람은 김득기와 같이 해동문에서 큰 활로 성위 소나무에 몸을 의지하여 성곽 가까이 오는 왜적을 한 화살에 한 명씩 적을 꺽어뜨리고 적의 부장까지 사살하였다. 예상 이외로 강력한 저항에 부딪치게 된 적은 불리한 상황을 느끼고 도망갔다. 하루 낮 동안 4차례의 공격과 후퇴를 거듭하고 여러 방책을 쓰던 나머지 5월 29일 밤 왜병 모습의 허수아비를 만들어 성중으로 던지고 괴상망측한 복색을 하는 등 교란책을 감행하니 성안에서는 불안과 공포로 가득하였다. 또한 하루종일 무리한 전투를 하여 피로한 군사들의 사기는 형언할 수 없을 정도로 저하되었다.

  이를 본 초계군수 이유검은 불리함을 느낀 나머지 수문병을 죽이면서까지 뒷문으로 도주하였다. 김해부사 서예원은 "초계군수 이유검이 우리를 배신하였다. 내가 그를 잡아올테니 여러분들은 김해성을 지켜주길 바라오" 김해부사 서예원은 이유검을 잡으러 간다는 핑계로 사충신과의 맹세는 돌아오지 않은 것으로 끝이 난다.

"장군! 부사 서예원이 우리를 배신하고 진주성으로 도망을 갔지만 진주성이 함락되면서 왜군에 잡혀 죽었습니다." 이들의 소식을 들은 송빈, 이대형, 김득기, 류식은 비분에 찬 마음은 더욱 침통하였으나, 결사의 각오 또한 더욱더 굳건해졌으며 병사와 군중을 달래며 독전을 돈독하게 하니, 성의 사기는 이에 감격하여 명예를 위하여 깨끗이 죽는 일이라 할지언정 보람없이 생명을 보존하지 않기를 굳게 다짐한 것이다. 이 얼마나 장하고 거룩한 구국의 정신이가.

"우리 4명은 여러분과 끝까지 이 김해성을 지킬 것입니다. 여러분 우리가 국가를 위해 이곳에서 함께 죽겠다는 각오로 김해성을 지켜냅시다".
"장군님 우리는 죽을 각오를 하였습니다"
"우리는 여러분의 충성심을 자랑스럽게 생각합니다.

언제가 역사는 우리를 기억할 것입니다"

"이대로라면 군량미도 부족합니다. 그러나 어찌하겠소. 우리가 최대한 버팀목이 되어 봅시다"

"우리는 두려움이 없습니다"

부사와 군수들이 도주한 상황에도 불구하고 따지고 보면 아무런 책임과 의무도 없는 민초들이 김해성을 지켜야 한다는 것이 아닌가? 처절한 전투 속에서 뜬눈으로 밤을 지새운 김해성은 물밀듯이 몰려오는 왜적에게 완전히 고립되어 군기와 군량은 이미 보잘것없는 데다 구원의 손길은 그림자조차 보이지 않았다.

때마침 자라난 황금물결의 보리를 본 왜적들은 성밖에 보리를 베고 볏짚 등을 죽는 둥 사는 둥 성호를 메웠다. 그 높이가 성과 같아지자 그 위에서 각종 화기를 난사하여 적은 성밖에 쌓인 동료의 시쳇더미를 밟고 성을 넘어 총공격해 왔다. 우리 군사들은 누구 한 사람도 두려워하지 아니했다. 물러서지도 않았다. 다만 한 놈의 적을 내가 먼저 죽이기가 바빴다.

송빈, 이대형, 김득기, 류식을 위시하여 남녀노소에 이르기까지 김해성을 지키기 위하여 혈전의 전투를 계속하며 비장한 최후를 마치는 마지막 절규가 있었다. 5월 30일은 김해성의 마지막 날이다. 여기에 강 건너 불구경이라도 한 경상좌병사 조대곤이 있었다. 마산에서 군대를 거느리고도 응원군을 보내주지도 않고 싸우지도 않았다. 조대곤은 담력이 약한 사람이라 경상좌병사의 임무를 김성일에게 대신하게 하려던 참인바 도망가는 도중에 서로 마주치자

"장군은 한 지방을 맡은 대장으로서 군대를 머물러 둔 채 진격하지도 않아 김해성이 마침내 함락케 되었으니 그 죄는 목을 베어 마땅하오. 더구나 세세의 숙장으로서 이 참국한 변을 당하였음은 즉, 의리상 달아나지는 도저히 못할 것이 아니오."

김성일이 꾸짖었으나 추태를 보이며 계속 도주하고 말았다.

결국 성을 함락한 일본군은 군신의 혈제를 지낸다며 여자, 어린아이, 개, 고양이 가릴 것 없이 모조리 살해했다. 이것은 왜군의 엄청난 피해로 인한 일종의 보복 조치라고 할 수 있겠으나 자신들의 분함은 잊을 수 없을 것이며 일본과의 원한 관계는 여기에서 싹튼 것이다. 그러나 그들이 처신한 행위에 앞서 김해성은 전략상 피치 못할 요새이고 왜적은 싸워 꼭 성을 차지하려는 위세로 침입했으니 많은 사상자를 감수하면서 침공해 왔다. 왜적의 정예부대와 끈질긴 항쟁을 했음을 느낄 수 있는 것이다. 의병으로서 4일을 사수한 것은 결코 짧은 시간이라고 말할 수 없는 것이다.

김해서 함락 13일 만인 6월 12일 서울이 점령된 사실을 놓고 보면 전국의 전투다운 전투는 김해, 밀양, 상주,

충주뿐이었다. 이로 인하여 후방 요새지 방비 남녀노소 대피에 필요한 여유를 가지게하였을 뿐 아니라 김해성을 지키다 순절한 의병활동의 죽음은 헛되지 아니하여 이 소문은 전국으로 계속 퍼졌다.

분성대(盆城臺) 남쪽에 사충단을 쌓고 「김관충렬단절목(金官忠烈壇節目)」을 정해, 매년 순의일(殉義日)인 음력 4월 20일에 김해부사 주제 아래 향사했다. 일제강점기 때 향사가 중단되었다. 1946년부터 후손과 지방민이 표충회를 조직하고 관민 합동으로 매년 제향을 받들고 있다. 비각은 1칸 규모로 주심포식(柱心包式) 겹처마의 맞배지붕 목조 기와집이다.

사충단비 전면에는 '증가선대부이조참판유공휘식 증가선대부호조참판김공휘득기 증가선대부이조참판이공휘대형 증가선대부호조참판송공휘빈)(贈嘉善大夫吏曹參判柳公諱湜 贈嘉善大夫戶曹參判金公諱得器 贈嘉善大

夫戶曹參判李公諱大亨　贈嘉善大夫吏曹參判宋公諱賓)'
이라고 음각되어 있다.

"우리는 오늘 지금부터 달라지면 된다다."
"그렇게하기 위해선 어떻게 해야 할까요?"

　사람이 살아가면서 개인과 회사, 조직에 만연된 점진적인 죽음의 증상들을 너무도 많이 보면서 살아가고 있는데 개구리를 비이커에 찬물과 함께 넣고 서서히 램프를 가열하면 개구리는 서서히 따뜻해지는 물에 미처 대처를 못하고 있다가 이러다 내가 죽겠구나 생각이 들었을 때 펄쩍 뛰고자 하나 그때는 이미 자신의 팔다리가 말을 듣지 않은 시기가 되어 운명을 달리할 수밖에 없다고 합니다. 우리는 살면서 자기 자신과는 아주 솔직하여야 합니다. 개구리처럼 변화의 느낌을 전혀 받을 수 없을지 모르지만 그때는 이미 때가 늦은 것입니다. 시간이 흐르면 당연한 변화는 동반되는 것입니다. 몇 년 전 사진과 지금 현재의 자신 모습을 비교하여 보세요. "신선한 충격"을 받을 것이 분명합니다. 그동안 무심코 스쳐 지나쳐온 일들을 다시 한 번 깊이 생각하여 보는 것이 좋겠습니다. 조직, 회사와 개인의 변화에 있어 "가장 기본적인 사항"을 다시 한 번 체크하여 보는 것이 좋을 것입니다.

오늘 사충신을 다시금 되새기면서 선생님과의 여행처럼 살아가면서 매일 행복을 느낄 수 있다면 얼마나 좋겠습니다. 행복한 무엇을 추구하지 않으면서 행복을 찾는다는 것은 삶을 경영하면서 점진적 죽음의 증상들이 없는 삶을 만들고자 노력하는 것과 무엇이 다르겠습니까. 점진적 죽음의 증상들이 지금까지 나에게는 어떤 것들이 있었는지 살펴보아야 할 것입니다. 그리고 점진적 죽음에 있어 나는 어떻게 치유할 것인가 다시 생각하여야 합니다. 답은 분명 내 안에 있는 것입니다.

개인과 기업, 조직에 해가 되는 원칙 파괴의 요인들이

어떤 것이 있는지 분명 열 개, 스무 개 요약할 수 있을 것입니다. 그 요약본들을 철저하게 파악하고 자신의 용기와 해결책을 찾아야 할 것입니다. 그때 필요한 것이 멘토입니다. 지금 세상에 멘티가 요구하는 멘토는 없다고 생각할 수도 있습니다. 멘토와 함께하는 변화의 원칙은 개인과 기업, 조직을 성공시키는 처방이 될 수 있습니다.

개인과 기업, 조직들이 직면하고 있는 현재의 어려움은 상당 부분 정신의 위기에서 비롯되었다고 생각합니다. 우리는 냉철하고도 단호하게 그러한 위기의 조짐들을 "점진적 죽음(Slow Death) 의 증상들" 이라는 용어로 표현하고 있습니다. 모든 조직, 기업과 개인들은 멘토가 요구하는 치유 방법에 귀를 기울여 근본적 변화(Deep Change)의 계기로 삼아야 할 때라고 생각합니다.

"없는 것도 만드는 역사가 있는가 하면 있는 것도 제대로 지키지 못하는 역사가 있단다"

사충단을 위해 노력하는 단체가 있다, 포럼처럼 집단 토의의 한 가지 방식이며, 청중의 참가를 의미하고, 제시된 과제에 대해서 2명의 전문가가 대화를 해서 토의를 위한 재료 내지 화제를 제공하여 청중이 그 문제에 대해 생각해 보도록 하는 의욕을 돋우고, 여기에 의해서 필요한 정보를 다시 추구하여 문제점을 분명하게 해서 거기에 대해 의견을 말하고, 태도를 표명하도록 해서 사회자가 그 문제에 대한 견해의 일치를 만들어 가는 방법이다. 감독자, 안전관리자들의 안전교육하는 하나의 방법으로 적당하다. 산업공학을 전공한 필자로서는 사회의 문제 해결을 위해 포럼문화를 확산 시켜야겠다는 생각을 가지고 다양한 포럼을 만들 운영하고 있다. 사충신을 연구하는 포럼도 그 중의 하나가 될 수 있다. 본래 민주주의 체제란 사회구성원들의 다양성을 인정, 존중하면서 그들의 다양한 요구를 합리적 토론을 거쳐 정책으로 수렴하는 사회를 말한다. 하지만 우리의 정책이 과연 합리적 토론을 거쳐 수렴되고 있는가에 대한 의문을 품을 필요가 있다. 시민자치는 시민들로부터 나오는 것이지 정치인들 사이에서 나오는 제도적 원리가 아니기 때문이다. 시민들은 토론을 자신의 주장이 옳다고 말다툼을 하는 것이라고 인식한다. 하지만 토론이란 다양한 사회 갈등 속에서 갈등원인을 분석하고 의견을 수렴하며 적합한 결론에 다다르게 하는 합리적인 의사결정 방식이다. 우리는 토론이 논쟁이 아님을 분명히 알아야 한다. 토론은 상대방의 말을 무시하고 자신의 의견만을 강요하는 것이 아닌 경청을 통해 허점을 지적하고 보다 나은 결과로 설득하는 노력의 과정이기 때문이다. 성숙한 민주주의를 위해서는 정책에 반영될 만한 여론을 형성하여 참여하는 성숙한 시민의식이 필요하다. 또한 성숙한 시민의식을 위해서 토론문화는 정착이 되어야 한다. 우리나라의 정치인들도 토론을 통해 형성된 여론을 정책에 반영하여 진정성과 진실성을 보여주는 정책을 펼친다면 현 사회의 문제인 정치적 무관심도 개선될 수 있을 것이다. 우리 사회 내에 토론문화가 정착이 된다면 다양한 의견

교환으로 보다 나은 세상을 바꾸는 즐거운 상상을 해본다.

기대에 찬 새정부가 들어서면서도 지역의 여론이 좋지 않다. 중요 자리에 차지하는 인재가 없기 때문이다. 그리고 지역 현안과제 해결을 위한 각 해당 부서들의 적극적인 자세가 부족한 탓이다. 기업이라면 이렇게 업무를 처리할까 하는 생각을 많이 하여 본다. 각 부서의 당면 현안이 무엇인가를 챙겨야 하는데 실제 현실은 현실에 안주하고 있다는 것이다.

지역발전을 위한 대정부사업과 관련한 연계발전 사업에 대해 지역의 생산성과 관련이 있어야 한다. 타 도시의 사례견학 등 우수지역 방문을 통한 벤치마킹도 중요하지만 기본 인프라구축으로 수도권 인구가 손쉽게 다가설 수 있도록 교통, 먹거리에 대한 개발이 필요하다. 손쉬운 방법을 제쳐두고 어려운 길로만 가는 것은 시민과의 소통 부족이 업무 효율성 저하로 이어지는 것으로 파악된다.

 매달 교육 등을 하면서 지켜지지 않는 것은 교육이 교육으로 끝나기 때문이다. 다양한 소통으로 행정이 이뤄질 수 있다면 도심은 벌써 많은 변화를 이루었을 것이다. 소통을 위한 방문에 생색내기 공약발표로 허술한 행정 부분이 하나 둘이 아닌 것이다. 지역을 고민하고 지역을 사랑하는 시민들의 다양한 이야기가 사전에 문제점을 도출하고 새로운 방안을 마련할 수 있게 되는 것이다. 일부 부서의 공정한 업무처리가 즉시 이루어질 수 있는 부분에 대해서도 갖은 핑계를 대며 시간을 소비하는 것은, 열심히 일하는 많은 사람들의 정신을 좀먹는 것이다.

 옛 속담에 호미로 막을 것을 가래로 막는다는 말이 있다. 이는 적은 힘으로 충분히 해결할 수 있는 일을 큰 힘을 들이게 된다는 뜻으로 최근에 논의되고 있는 지역의 현안에 대해서 우리 지역의 대처방식의 준비가 소홀하지 않았는지 깊이 반성하여 볼 필요가 있다. 우리 지역의 이기적인 주장이 아니라 지역의 효율성, 정책의 일치성, 이용의 극대화 등 여러 면에서 타당한 방안이어야 한다.

결국 중앙정부가 원하는 것도 지역의 특성에 맞게 개발해 나가면서도 국가의 발전을 꾀할 수 있는 동시에 지역에도 혜택이 돌아갈 수 있는 것이길 희망할 것이다.

지방자치가 지역발전과 연계된다는 막연한 의식은 배제되어야 하며, 지역의 발전과 지역주민의 실질적인 복지증진에 기여하기 위해서는 모든 시민이 지역현안에 적극 참여하고, 지역인재를 키우는 일에 앞장서야 하며, 지역발전을 위한 성숙된 자치의식이 절실히 필요한 것이다.

늘 바쁘다는 핑계는 많을 수 있다. 무엇 때문에 바쁜지 진정으로 따져 보지도 않고 바쁘게만 살아가는 것이 현실인지도 모른다. 이제 대학을 준비한다든지 대학을 다니고 있든지 직장을 다니고 있는 젊은이들에 있어서는 더욱 쉽지 않은 시기를 보내고 있는지 다시한번 생각 하여 보아야 할 것입니다. 내가 무엇을 하여야 하는 가에 대해 생각하여보고, 누구나 이 세상에 태어난 이유가 있기 마련입니다. 뭔가 할 일이 있다는 것입니다. 그래서 더더욱 '내가 해야 할 일', '내가 있어야 할 자리', '내가 가야 할 길'을 찾아야 하는 것입니다. 이것은 내가 이 세상에 존재하는 이유이면서, 나를 움직이고 지탱하는 힘입니다. 이것이 바로 내 인생의 미션, 즉 사명(使命)입니다. 사명을 생각하게 되면 좀 더 나 자신을 알아보고 싶은 마음이 생기게 될 것입니다. 자기 자신을 알게 된다면, 사회적응에 관심을 가지게 됩니다.

사실 사회적으로 대접을 받으려면 실력은 기본이지만 그것만으로는 부족합니다. 사교성과 근면성, 의사소통과 발표능력, 갈등관리능력, 네트워킹 실력이 필요합니다. 이를 위해서는 끊임없는 자기 개발이 필요합니다. 흔히 살면서 자기의 성공담을 말하는 분들은 한 결 같이 쉬지 않고 자기 개발을 위해 노력한 분들입니다. 우수한 성적표와 명문대학 졸업장도 중요하지만 무엇이 자기 가슴을 뜨겁게 하는지를 찾아가야 합니다. 자신을 충전시키고 기회를 맞을 준비가 필요합니다. 준비된 자에게는 반드시 기회가 옵니다. 하지만 기회가 와도 준비되어 있지 않으면 그 기회를 잡을 수가 없습니다. 그리고 초심을 잃지 말고, 꿈을 가지고 도전하여야 합니다. 꿈을 꾼다는 것은 굉장히 즐겁고 행복한 일입니다. 얼핏 들으면 쉽게 실천 가능한 일 같지만 두려움 없이 도전하는 것이 생각보다 쉬운 일은 아닙니다. 누구나 실패를 맛본 후에는 현실과 타협하고 안주하고 싶은 생각이 들 것입니다. 나 또한 수십 번의 도전과 좌절의 쓴 맛을 본 뒤 꿈꾸어온 이 자리에 이를 수 있었습니다. 그러기에 그 성취가 더 값진 것이 아닐까 생각합니다.

일상에서 꿈을 꿀 수 있다는 것은 엄청난 행복입니다. 지금까지 내가 걸어온 길을 자랑스러워하되 자만하지 말아야 한다는 것을 잘 압니다. 아직 가야할 길이 더 많이 남았기 때문입니다. 그러기에 오늘도 나는 초심을 잃지 않고 자기개발을 위해 부단히 노력하고 있는지 반성하고 실천하여야 할 것입니다. 공기에 대한 감사를 생각하면서 늘 상 젖어있는 고정관념에서 벗어나 법고창신(法古創新)의 정신으로 살아갈 수 있다는 것에 감사하면서 살아간다면 오늘 하루가 정말 행복할 것이라 생각합니다.

"선생님 감사합니다. 선생님은 항상 새로운 것을 생각하게 하셔요."

"병훈아! 고맙다. 이렇게 성숙한 모습에 사충신 장군님들이 기뻐하실 것이다."

"선생님 공부하는 느낌이 듭니다. 선생님의 글들이 김해시민분들에게 새로운 느낌이 될 것 같아요. 꼭 해내고 말겠다고 생각하게 할 것 같습니다. 그래서 선생님이 좋습니다. 새로운 시도라는 차원에서요"

"지금 보다 더 좋은 내일이 온 느낌이 드니 옛날 김해 앞바다에서 국가를 위해 노력하신 의병님들을 생각하면 가슴이 먹먹해지는 요즘이네. 병훈아! 우리 사충신 장군님들과 의병님들을 위해 기도하면 어떻겠니. 법고창신의 마음으로 새롭게 우리 역사를 다시찾아 사회와 소통하고자 하며 국민의식 바탕에 '잠재적 영토관'을 깊이 새겨야 古土 찾을 수 있으며 이제 자주적 사고로 완전한 독립을 스스로 쟁취해야 한다. 글로벌사회에서 함께 어울려 가는 판을 만들어야 하며, 20세기의 낡은 가치에 매여 강대국만 쫓아가는 사대의 틀에서 벗어나야 한다. 우리는 위대한 문화를 가진 대한민국이다. 남을 강압적으로 지배해서도 안 되며, 지배받아서도 안 된다. 자주적 사고로 자주적 판단을 통해 완전한 문화영토를 찾아야 한다. 시작은 미약하지만 한 발 한 발 지역의 문화발전을 위한 연구와 발표를 위해 노력하자꾸나."

바깥촌 김선달

서산으로 넘어가는 태양이 유난히 붉다. 뉴스에는 연일 가뭄이 계속된다고 하고, 국사봉 계곡에서 내려오는 물줄기도 말라 주민들 간엔 물과의 전쟁이다. 예로부터 물이 많아 바깥촌은 높은다리가 있었다. 물 걱정이 없던 덕이네도 개울가에 풀들이 자란 곳에 소를 길게 묶어 두었다가 다 저녁이 되면 학교에서 다녀와 소를 몰고 집으로 오는 것이 덕이의 숙제 중에 하나였다. 아버지가 언젠가 이곳에 더 높은다리가 생길 것이라고 말씀하셨다. 그런데 세월이 갈수록 점점 더 개울물은 줄어만 갔다. 도회지에선 아파트 난방비와 관련한 비리의혹이 자주 사회적 이슈가 되곤 하는데 수십 년간 식수와 생활용수로 계곡물을 사용해 온 바깥촌은 백운산 국사봉 자락의 산골 마을인데 물 값을 두고 이와 비슷한 상황이 연출되고 있다.

 이장은 면에서 온 서류를 보면서 '아이~ 계곡물마저 이젠 못 먹게 생겼네. 대장균이 득실거린다네…,,,, 수질검사 한 것이 부적합 판정이라니 당상 급한 지하수 관정을 어쩌지……,.'라고 투덜거렸다.

 '관정을 어디다 뚫어야 되지'
 '그래도 계곡물 관로가 있던 근처로 배관을 하는 것이 좋게지' 홍이네 남편 심씨는 눈이 휘둥그레졌다.

 그 해 어느 날인가 굉음이 들리고 마을 아래쪽에 관정을 뚫기 시작하였다. 물의 양이 생각보다 많았다. 온 동네 사람들이 물을 다 같이 먹으려면 물탱크 하나로는 어림도 없었다. 물은 높은 곳에서 낮은 곳으로 흐르기 마련이다. 어쩔 수 없이 물탱크를 마을 높은 곳과 중간에 두 군데에 두었다.

바깥촌에서는 계곡물을 먹을때 보다는 면에서 새로 만들어 준 관정이 마음에 들었다. 관정의 대형모터는 연실 돌아갔다. 하지만 무슨 이유에선지, 마을에 공동으로 부과되는 수도 요금은 지나치게 많이 나왔다, 공짜 물만 먹던 마을사람들에게 몇 십만 원의 물 값은 부담이 아닐 수 없었다.

'아니 면에서 무슨 지꺼릴 한 겨. 아니 뭔 놈의 물세가 이리 만타냐.'

지난 연말에 새로 뽑힌 이장은 원인을 찾아야겠다고 다짐을 하였다. 새로 뽑힌 화순댁은 명색이 이장이지 이사 온지 이십년이 다 되었어도 본토배기가 아니라 늘 마을의 중요 일이 있을 때마다 괄시를 받는다는 생각이 있었다. 대대로 마을 이장을 하여 오던 집들은 면에서 무엇인가 마을을 위한 혜택이 생기면 자신의 집부터 챙기기 일 수라 뒤늦게 귀농하거나 귀촌한 사람들은 늘 불만이되었다. 서른 여나무 가구 되는 중에 그런 꼬락서니가 보기 싫어 떠난 집도 있었다. 점점 마을은 인심이 흉흉하여

졌지만 서로의 눈치를 보느라 누구하나 나서는 사람도 없었다.

화순댁은 어려서부터 가난한 집에서 자라 제대로 공부를 배울 기회도 없었고 어디에 나서고 그러는 처지도 못되었지만 그나마 남편과 도회지에서 작은 공장을 하다가 아임엠에프가 뭐시기 때문에 쫄딱 망해 우연치 않게 빈집을 찾아 바깥촌에 들어와 객지에서 왔다는 이유로 갖은 멸시를 당하면서도 동네 어른들을 보면 인사도 잘하고 어디선가 맛난 것이 생기면 이웃과 함께 나눠 먹다 보니 이젠 고령화로 떠밀려 이장을 맡게 된 것이다. 화순댁은 다짐을 하였다. '어차피 이장이 되었으니 이 마을을 잘사는 마을로 만들어 볼테다. 내가 국민핵교다닐 때 반장한 번 못해본 한도 있고……'

화순댁은 몇날 며칠의 고생 끝에 집집마다 돌아다니며 계량기를 몇 번이고 장부에 적어가며 물량을 계산하였다. 그녀의 끈질김에 주민들이 쓰는 양에 비해 10배에 가까운 물이 공급된다는 사실을 확인하였다. 동네 주민들은 마을 내 몇몇 가구가 몰래 관로를 연결해, 물을 훔쳐 썼을 것이라고 서로를 의심하게 되었다.

"지랄, 일주일에 끌어올린 양은 천5백 톤이 넘는데……. 실제로 쓴 양은 156톤밖에 안 되는 거 에요. 나머지 물은 증발한 거죠."

'이장 이리와봐!!'

'아무래도 수상혀'

'아래 새 걸로 바꾼 모터가 또 고장이 났는데, 심씨넨 수돗물을 꽐꽐 잘도 나오네'

이장은 곳곳의 관로를 잠가 가면서 물의 흐름을 파악하였다. 어디는 물을 잠그니 물이 역류를 하여 계곡으로 나오기도 하였다. 계곡물이 넘쳐 도랑처럼 흘러 개울로 넘쳐나기도 하였다. 이렇게 되면 더 큰 문제는 식수 부적합 판정을 받은 계곡물이 지하수와 섞인다는 거다.

'니기미. 10년이 넘도록 오염된 물을 식수로 사용해왔네'

이런 사실에 주민들은 불안하기만 했다.

'어쩐지 지랄병처럼 피부병이 돌지를 않나, 기천네 한우가 세 마리가 비실비실 죽질 않나. 아 글쎄 미영네 개새끼도 죽었다지'.

"모든 사람들이 모르고 그 물을 10여 년 먹어 왔어요."
"아이, 찝찝해"
'난. 이 부락엔 더 이상 살기 싫네.'
'아~ 이장 어찌 좀 해봐'

이장은 반년을 면으로 시로 뛰어다녀야 했다.

면장은 예산타령만 해댔다. 마을사람들은 죽겠다고 하는데……. 시의원을 붙들고 이야기도 했다.

주민들의 민원제기와 이장의 노력으로 시는 새로운 관정과 관로를 신설할 수 있다. 면에서는 새로운 수돗물이 생겼으니 기존 수도 관로 운영권을 마을에 준다는 것이다.

화순댁은 이게 무슨 뜻인지 잘 알아들을 수가 없었다.

'이장 고생했어. 이젠 농사도 많고 그러니 이장은 홍이네로 이번 대동회에서….'

매년 연말에 열리던 대동회에서 이장선거로 마을은 두 쪽으로 갈라섰다.

'이젠 홍이네가 이장이여~~' 노인회장의 말씀은 곧 법이었다. 그러나 면에서는 그럴 순 없으니 이장선거를 절차에 맞추어 다시 하라고 하였다. 크리스마스 날인가 이장 선거를 마을회관에서 했다. 마을 사람들은 화순댁이 이장을 하는 것이 좋겠다고 했다. 투표결과는 한 표차로 화순댁이 이장이 되었다.

'화순댁, 왜 그래...,,,.. 뭔 일이래'

면에서는 자신들이 이장선거를 참관을 못했으니 다시 이장 선거를 하여야 한다는 것이다. '이번 선거는 무흡니다. 무효' 면장이 나서서 큰소리 친다.

결국 3차 이장선거를 다시하기로 결정을 하였다. 무슨 국회의원 선거도 대통령선거도 아닌데 선거를 몇 번씩 하는지 도무지 이해가 가질 않았다.

마을 주민들도 언제 이장선거가 있는지 궁금하였다.

요즘은 금요일이 주말이나 마찬가지이다. 오늘은 금요

일이라 집에서 일찍 저녁을 먹고 텔레비전이나 보려는데 지난해 새로 이사 온 명주댁이 마을회관에 놀러 가신 아버님을 모시러 갔더니 마을회관 게시판에 공고문이 있는데 4일 뒤인 화요일 3시에 선거를 한다는 것이다.

부리나케 마을회관으로 달려가 보았더니 이장 당선자인 나도 모르게 면에서 이장 선거공고문을 붙여놓았다. 아무래도 이상하다는 생각에 부면장에게 전화를 하여 선거인 명부를 알려 달라니 퇴근하여 지금은 알려 줄 수 없다고 한다.

할 수 없이 월요일이 되길 기다렸다가 십리도 넘는 면사무로 달려갔다.

'면장님. 이게 뭔 일 이래유,,,,,,, 바깥촌이장 선거인 명부 좀 보여주세요.'

'한 가구에 한 명만 실거주자가 투표한 것으로 공고가 났으니, 명부에 있는 이 네 사람은 선거인이 아닌 게 맞죠.'

면장은 묵묵부답이다.

다음날 면사무소에서는 파출소에 연락을 하여 경찰관 입회하에 마을회관에서 이장선거를 실시하였다.

화순댁은 면사무소에서 참관 온 부면장과 면서기와 경찰관에게 명부의 4사람은 선거인이 아니라고 말했으나 그들은 들은 척도 안하고 선거를 강행하였다. 마을 사람들은 투표용지를 받아들고 또 한 번 놀랄 수밖에 없었다. 뭐라고 쓰여 있는지 글씨 크기도 작아 알아볼 수가 없었다.

용이네 할머니는 손을 들고 묻는다. '이거 어떻게 하는 거유' 옆에 있던 홍이 아비는 '아~ 선거 첨 해 봐유, 여기다 동그라미 치면되유' 라면서 용이네 할머니의 손에 주여진 볼펜으로 동그라미를 그린다.

화순댁은 참관중이 경찰관에게 '이런 선거는 무효예유. 무효'라고 말하고 마을 회관을 뛰쳐나왔다.

그리고 마을은 침묵이 흘렀다. 이틀이 지나고 면사무소에서 홍이네가 이장 임명장을 받았다는 소문이 들렸다. 누가 몇 표차로 이기고 진 것도 알려지지 않았다. 그냥 그렇데 새로운 이장이 탄생되었다.

아 글쎄 이 물로 홍이네가 절임배추를 십년 넘게 전국에 팔아왔다네.

사업자등록증이 없어 보건소에선 위생관리를 하지 않는다네.

아 그런데 택배비는 면에서 지원을 해 준다네.

아 그 집 한우가 오십 마리가 넘는다네.

아 올해, 그렇게 가물었는데 그 집 논엔 물이 그득하더구먼.

아 홍이네가 피부병으로 병원을 다닌다며.

소문은 점점 풍성해져 갔다.

얼마 후 텔레비전에 시청 계장의 인터뷰가 나왔다.

누가보아도 바깥촌 마을이라는 것을 알 수가 있었다.

"기존의 관로들을 운영하는 관로 외적으로 몇몇 가구가 사용을 하게 된 것 같아요"

작은 마을에서 일어난 물도둑 사건.

자존심이 걸린 이장선거,

사이좋던 마을 주민들 간 불신이 커지는 가운데 저녁 노을이 붉게 물드는 시간에 결국 경찰차가 마을 어귀에 도착하였다.

플랜 B가 있다

가을하늘 공활한데 높고 구름 한 점 없는 며칠을 보내던 어느날 새벽 주산교도소의 문이 열렸다. 얼마 만에 보는 세상 빛인가. 이른 아침인데도 철호는 눈을 질끈 감았다. 그는 구 남매의 일곱 번째이지만 교도소 큰 문을 나서면서 누구도 마중을 나온 사람은 없다. 아니 찾아올 사람도 없다는 표현이 맞을 것 같다. 그렇다고 어디로 찾아갈 곳도 없다. 푸른 하늘에 점 하나를 찍어 본다면 얼핏 기억에 남는 곳이 장군산 대봉암이다. 장군읍으로 가는 버스에 올랐다. 대봉암으로 가기 위함이다. 대봉암은 언제가 나를 숨기고 싶었을 때 숨어지냈던 곳이다. 8년이 지났으니 주지 스님도 바뀌셨겠지만 무작정 찾아가는 것이다. 이 세상엔 누구도 나를 반겨줄 사람이 없다고 생각하며 지금까지 살아왔다. 삶에 초조함도 느긋함도 전혀 없는 그런 삶이었다고나 할까. 앞으로 삶에 대한 걱정도 해 보고 싶지 않고 오로지 잠이라도 푹 자고 싶다고 생각만 했는데 교도소를 나설 때까지 막상 어디로 가야 할지 생각도 없었다. 버스에서 내려 10킬로미터를 걸어가야 하는 길이다. 초가을 산들바람이 시원하지만 무작정 걸어야 하는 길은 등줄기에 땀이 줄줄 흐르고 있으며, 옷 밖으로 땀이 박차고 나오고 있었다. 그래도 갈 곳을 정했으니 무작정 걸어가 보는 것이다. 저 멀리 서산의 석양이 너무도 멋진 그런 시간에 대봉암에 도착하였다. 우선 대웅전으로 무작정 들어가 큰절부터 하였다. 부처님께 아무 드릴 말씀도 없습니다. 부처님이 알아서 살펴 주시면 고맙겠습니다라고 중얼거리는 소리를 큰 스님이 들으셨나 보다. 우선 시장하실 텐데 소찬부터 드시지요. 지금까지의 그 어떤 식사보다도 맛있는 밥이었다. 아마도 이런 표현이 어울릴 것 같다. 게 눈 감추듯이 뚝딱하였다. 피곤 하실테니 오늘은 이곳에서 묵으실 곳을 안내해 드리겠습니다라고 방을 안내하였다. 감사합니다. 스님. 눈을 떠 보니 해가 중천에 떠 올라 있었다. 철호는 벌떡 일어나 마당으로 나가 무작정 마당을 쓸기 시작하였다. 대나무 빗자루의 촉감이 너무도 좋다. 곳곳에 낙엽이 떨어져 있어 나름 마당을 쓸 이유가 있다고 생각했다. 무엇인가 찾아서 일을 한다는 것은 밥맛도 있게 하고 절에 머무는 눈치도 덜한 것 같다. 하루는 스님께서 처자를 소개할테니 같이 지내 보라고 하신다. 나 같은 아무 능력도 없는 사람에게 살림을 꾸리라니 못하겠다고 하기도 그렇고, 스님의 말씀이니 무작정 따르겠다고 마음을 먹었다. 처자는 첫눈에 보기에 아름다웠다. 아니 마음이 이뻤다. 흔히 말하는 지적 능력이 조금 떨어진 것이 흠이라지만 어찌 보면 나에게 더 어울린다는 생각이 들었다. 운전할 때 누군가 무리하게 추월은 한다든지, 급하게 진로를 방해하면 내 입에선 쌍스러운 욕이 먼저 튀어 나왔다. 그런데 처자는 옆에 앉아 아저씨 그런 말 하면 나빠요라고 아주 조그맣게 이야기를 한다. 아~ 이 사람이 다 생각을 하는구나. 나 스스로를 반성하게 만든다. 이런 나쁜 말을 쓰지 말아야겠다는 약속을 내 자신과 하게 된다. 처자는 건강이 좋지 않다보니 너무도 나쁜 기억이 많았다. 가족들이 있어도 기초적인 법적 대처를 하지도 못했다. 흉악범들을 법적 조치를 취했다. 해바라기센터에서 정신건강을 치료받게도 하였다. 그리고 산부인과 치료도 받게 하였다. 처자는 조금씩 마음의 문을 열고 자신 의사를 표현하기도 한다. 되도록 많은 것을 보여 주어야겠다는 생각에 사시사철 계절마다 시간이 되는대로 전국을 돌며 아름다운 곳을 보여 주기도 하고 사진도 찍어 주면 아름다움을 어린아이처럼 표현하는 모습에 지난날의 내 모습에 더 많은 반성을 하게 한다. 맛있는 자장면도 먹고 짬뽕도 먹고 하루하루가 즐겁기만 하다. 전국을 다니다 보니 내 사업의 영역은 나도 모르게 전국적으로 확장이 되었다. 그렇다고 힘이 드는 것도 아니고 나이차를 느낄 수 있긴 하지만 처자와 같이 다니는 시간이 즐거워만 지고 있다. 나에게 수련의 기회가 될 수 있도록 스님이 나의 길을 인도해 주신 것 같아 처음 그 약속을 잘 지켜야 겠다는 생각을 버릴 수가 없다. 아 이것이 세상사는 즐거움이구나 하는 느낌이 든다. 그런데 시간이 갈수록 나의 걱정이 쌓여만 간다. 나는 오랫동안 교도소 생활로 건강이 좋지 않다. 함께 세상을 마감하면 좋겠지만 내가 먼저 세상을 떠난다면 처자는 어떻게 살아가야 하는가. 그런 고민이 많아지다 보니 더 많은 돈을 벌어야겠다는 생각이 든다. 내가 번 돈으로 복지재단을 세워야겠다는 생각이 들었다. 아니 내 자신과의 약속이다. 돌봄복지재단에서 처자를 맡아 노후를 책임진다면 더 이상의 바람이 없겠다. 오늘도 처자를 위해 최선을 다하는 삶을 살아간다는 약속이 더 무겁게 느껴지는 것은 이 가을처럼 세상이 아름답기 때문이다. 가을은 눈물을 흘리게도 하지만 더 많은 곳간을 쌓아 가는 햇살 같은 느낌이 든다. 아 행복이 이런 것이구나. 지금까지 느끼지 못했던 가족의 사랑을 느낀다. 혹시나 하는 생각에 처자와 혼인신고를 하지 않고 지내고 있지만 내년 봄에는 복지재단이 들어설 곳에 벌통을 놓아볼 것이다. 오늘도 사랑한다는 말을 빼먹지 않는 철호는 영원이라는 단어와 약속이라는 단어를 되새기며, 오늘도 구름 한 점 없는 가을 하늘에 편지를 쓰듯 세상을 사랑하며 멋진 아스팔트 도로를 달리고 있다.

나는 누구인가

700고지로 유명한 이곳은 수도권에서 2시간 거리에 위치하고 있다. 굽이굽이 굽은 신작로를 따라 가을이 익어가고 있다. 그나마 이쪽 구간은 등들이 켜있고 다소 짧은 구간이다. 다만 토끼, 고양이, 고라니 같은 야생동물이 왕왕 지나다니기 때문에, 로드킬 관련으로 상당히 주의해야 할 필요가 있다. 어두운 금당계곡 방면의 무진로에서 무언가를 봤다면 바로 이 야생동물들일 가능성이 상당히 높다.

전쟁이 나 고아처럼 살아야 했다. 갑자기 들이닥친 인민군들이 온 동네 사람들을 보이는 대로 다 사살하였다. 하루아침에 일가친척을 모두 잃는 슬픔을 겪어야 했다. 어린 나는 아무것도 할 수 있는 것이 없었다. 먹고 살기 위해 군 입대를 결심하였다. 군 생활중 양구 전투에서 오른쪽 눈을 다쳤다. 청정병력 같은 생활이 시작된다. 군 생활을 마치고 새로운 눈을 뜨게 된다. 제대 후 공무원이 된다. 재건 사업이 많은 시기라 공무원 생활을 하면서 비리에 연루된다. 등산로 개발 및 체육시설 사업에 참여한다. 많은 돈을 벌어 시골로 내려온다. 시골 아무 쓸모 없는 산이 인접한 구거를 포함한 많은 땅을 헐값에 매입한다. 돈이 되는 것이 눈에 다 보인다. 마을에 귀신이 나타난다고 소란들이다. 기회가 온 것이다. 자신의 집 주위를 주변으로 마을 사업을 연계한다. 한창 마을 사업이 유행이라 땅 짓고 헤엄치기다. 마을 성공시키고 복지마을을 만든다. 마을의 영웅이 된다. 불쌍한 채권자가 그런 사람이다.

"아들들 다 어디 갔소? 어디다 숨겨 놓았냐 말이요?"

어머니를 비롯한 작은 어머니들이 어찌할 바 모르며 부들부들 떨고 있었다. 하지만 집안의 큰 어른인 할머니는 아랑곳하지 않았다. 물음에 당당하게 대답했다.

"모른다. 알아야 보내지? 나도 집 나간 아들 본 지 오래다. 소식이라도 알면 좋겠구만먼"

인민군이 갑자기 집에 들이닥치는 일은 이후에도 빈번했다. 매미가 울어대는 8월이었다. 경숙은 부채질하다가 하늘을 올려다보았다. 쏟아져 내리는 여름 볕 빛에 눈이 시릴 정도였다. 아버지는 여전히 산에서 내려오지 못하고 있었다. 인민군은 마을의 남자들을 찾으러 다녔고 경숙의 할머니는 매번 거짓말로 위기를 넘기곤 했다. 경숙은 멀거니 먼 산을 보며 아버지를 기다리는 일이 잦았다.

인민군들 때문에 마음 졸이던 낮이 서서히 지고 있었다. 경숙은 방안에 누워 바깥에서 사각거리는 풀벌레 소리를 듣고 있었다. 팔베개하여 옆으로 누워 다른 손으로는 방바닥에 그림을 그리고 있었다. 갑자기 현관문 쪽에서 소리가 들려왔다. 경숙은 조심스럽게 몸을 일으켰다. 소리를 내지 않는 것이 습관으로 된 어머니와 작은어머니들이 조용히 몸을 일으켜 현관문을 향해 다가가다가 비명을 내질렀다.

"으악!"

할머니는 현관을 바라보며 꼼짝하지 않았다. 어머니들이 부엌을 통해 뒤 안으로 달아나 김치광 뒤에 둘러쳐 있는 울타리를 밀어 제꼈다. 울타리가 한꺼번에 '우직' 소리를 내며 넘어졌고, 어머니들은 재빠르게 밭고랑 아래로 숨어들었다.

경숙의 눈에 남자들의 모습이 들어왔다. 어깨에 총을 멘 인민군들이 집 안을 두리번거리고 있었다. 그 순간

'도망친 사람들이 남자들이라고 생각하나 보다. 어떡하지.'

경숙은 떨리는 어깨를 진정해보려 했다. 하지만 쉽게 되지 않았다.

"여기 모여 있던 동무들 다 어데 갔소? 당장 찾아 데려

와?"

인민군들의 표정은 당장이라도 할머니에게 총질이라도 할 태세였다. 할머니는 말문이 막혀 우물거리다가 겨우 입을 열었다.

"우리 며느리들이 송편을 빚다가 총을 멘 당신들을 보고 너무 놀라 뛰어나간 것이네. 남자는 무슨. 아무도 없지. 나도 아들 둘을 의용군으로, 다른 두 아들은 보국대에 보내고 이렇게 며느리들만 데리고 살고 있네. 믿기지 않으면 여기 마루를 한번 보게."

그러고는 빚고 있던 송편을 보여주었다. 무척 놀란 목소리로 더듬거리고 있었다. 그러자 검은 양복을 입고 가방을 든 긴 머리의 남자가 할머니 앞으로 다가왔다.

'아마 장교인가보다. 옷도 다르고. 할머니는 괜찮으실까?'

경숙은 할머니에게서 눈을 뗄 수가 없었다. 너무 무서워 눈을 감고 싶었으나 눈을 부릅뜨고 할머니를 바라보았다.

"놀라게 할 생각은 없었습니다. 배가 너무 고파 먹을 게 없을까 하고 본 것이었습니다. 폐가 안 된다면 요기할 것과 하룻밤을 재워주시겠습니까? 부탁드리겠습니다. 모두 너무 지쳐서……."

경숙은 짐짓 놀랐다. 인민군들은 사람을 괴롭히는 사람이라고만 생각했었다. 그런데 할머니에게 차분하고도 간곡한 태도로 부탁하고 있어 의아했기 때문이다. 할머니가 잠시 고민을 하더니 얘기했다.

"얼른 저녁 해 드릴 터이니 저쪽에 있는 방에 들어가 좀 쉬시구려."

경숙은 밭으로 재빨리 내달렸다. 인민군들에게 밥을 먹이기 위해 어머니들을 데려와야 했기 때문이다.

정신없이 자고 일어난 인민군들은 짐을 챙겼다. 사실 짐이랄 것도 없었다. 다 낡은 군화와 차갑게 식은 총. 하지만 경숙은 그들이 안쓰럽다고 생각했다. 장교로 보이는 남자가 할머니께 인사를 했다.

"할머니! 오늘이 추석이지요? 산소에 성묘 가시지 말고 집에서 제사만 지내세요. 요즘 사람이 여럿 모인 것만 보면 비행기가 무조건 폭격을 하니까요. 저도 이 인민군이기 전에 부모 처자가 있는 한 집안의 가장이랍니다. 고향에 두고 온 가족들이 보고 싶군요. 살아서 가족을 만날 수 있을지는 모르지만…… 할머니 그동안 신세 많았습니다. 고맙습니다."

장교는 깍듯이 인사를 하고 걸음을 재촉해 떠나갔다. 경숙의 어린 눈에도 가족 이야기 꺼내며 글썽거리는 장교가 안쓰러웠다.

"저런 원수 놈의 가슴에도 부모와 가족을 아는 피는 흐르고 있구나. 전쟁이 원수구나."

할머니는 짧게 혀를 찼다. 어머니들은 인민군이 떠난 자리를 청소했고 경숙도 어머니들을 도와 흔적을 지웠다.

'전쟁이 끝나기는 할까. 얼른 끝나야 하는데.'

얼마 전에는 뒤편 개울 건너의 마을에 사는 사람이 총

에 맞았었다. 보국대까지 다녀왔는데도 그리된 것이다. 벼가 잘 되었는지 보러 갔다가 가족들에게 차갑게 굳어 가는 모습으로 발견된 것이다. 가족들이 애통해하며 입에 숭늉을 떠 넣고 피가 나는 곳을 솜으로 죽을힘을 다해 막아도 피가 그치지 않았다.

"이놈의 세상이 어떻게 되려고 이러는지 모르겠구먼."

동네 어르신들이 자주 하시는 말씀이었다. 경숙은 바닥을 묵묵하게 닦으면서 어른들이 얘기를 되뇌어 봤다. 전쟁이 끝나야 한다. 그래야 모두가 걱정 없이 살 수 있다. 애써 지워지지 않는 바닥의 때를 벅벅 닦아내며 마음을 다잡았다.

보국대에서 영장이 날아왔다. 경숙은 무겁게 내려앉은 집안 분위기 속에서 아무 말도 못 하고 조용히 눈치를 살폈다. 아버지와 작은아버지들께서는 산속에 숨어 있고 보국대나 의용군에 모두 가지 않은 사실을 알 만한 이들은 모두 알고 있었다, 마냥 회피할 수는 없었다. 끝내 가지 않으면 반동으로 몰릴 판이었다. 누군가는 가야 했다. 어른들은 아무런 말이 없었다. 아니 어떠한 얘기도 꺼내지 못하고 있었다.

 어른들의 사정을 알 리가 없는 경숙의 동생은 젖 달라며 보챘다. 경숙은 어른들의 얘기를 어렴풋이 알아듣고 있었다. 그렇기에 그저 고개를 푹 숙이고 있을 뿐이었다. 그때 어머니가 잠시 막내딸을 바라보다 우는 딸을 달래 놓고 어른들에게 얘기했다.

 "제가 갈 께요."

 어른들이 무척 놀라는 눈치였다. 어머니를 뚫어지게 쳐다보았다. 경숙도 덩달아 놀라며 어머니를 바라다보았다. 어머니의 눈동자에 굳은 결심이 번득이고 있었다.

 "그게 무슨 소리냐. 맏며느리인 네가 가서 어떡하겠다는 거니."

 "하지만 어머니, 여기 있는 작은어머니들은 아직 젊은 새댁들이잖아요. 그래도 나이가 많은 제가 가는 게 나아요."

"그치만 애야, 네 막내딸을 좀 보렴. 젖도 떼지 않은 애를 두고 어쩌려고."

"어머니, 누군가는 가야 해요. 오늘부터 떼면 되죠. 제가 갈게요."

"형님 그렇지만……."

"내가 갈 터이니 자네들은 우리 애들을 잘 돌봐주게."

경숙은 어안이 벙벙했다. 어른들도 더는 얘기를 꺼내지 못했다. 어머니의 말대로 누군가는 가야 했기 때문이었다.

'이건 상의가 아니고, 어머니의 바람이잖아. 모두가 말리고 있는데. 하지만 어쩔 수 없는 일일까?'

경숙은 생각 끝에 받아들이기로 했다. 어머니가 가야 한다는 걸 알고 있었다. 눈물이 나오려는 걸 꾹 참으며 주먹을 불끈 쥐었다. 코끝이 시큰해졌지만 울지 않으려 애썼다. 작은어머니 중 한 사람은 눈물을 쏟고 말았다. 어른들은 더는 말이 없었다.

어머니가 떠나는 날이었다. 인민군 사무실에서 사람이

왔다. 경숙은 어머니의 손을 꼭 잡았다. 어머니가 경숙을 애처롭게 바라보다 애써 손을 뿌리치고 있었다. 아직 젖을 떼지 못한 동생을 경숙의 품에 안겨주며 얘기했다.

"이제 가면 다시 살아 돌아올 수 있을는지. 이 어린 것을 두고 떠나려니 마음이 아프구나. 내 한 몸 어찌 되어도 좋지만, 이 어린 것이 불쌍해서 어쩌나?"

어머니의 눈에서 구슬 같은 눈물이 뚝뚝 떨어졌다. 강한 모습을 보이려 애를 썼지만 어린 딸들 앞에서는 독하게 먹은 마음이 속절없이 무너졌다.

'어머니가 우시는구나!'

경숙도 서러움이 몰려왔다. 눈물이 양 볼에 흘러내리기 시작했다. 어머니에게 달려가 허리를 끌어안으며 얘기했다.

"엄마 가지 말아라. 가지 마."

"너 동생 잘 봐야 한다. 들어가. 알았지? 울지 말 거라. 엄마 꼭 올게."

"엄마! 아파. 아야 했어?"

영문도 모른 채 젖을 먹다 고개를 든 동생이 말했다. 어머니는 동생을 끌어안고는 더욱 슬프게 울었다.

"시간이 늦었으니 빨리 나오기요."

인민군의 성화에 못 이긴 어머니는 발걸음을 떼었다. 어른들도 달려 나와 대문 앞에서 눈물을 흘렸다.

"명숙아! 엄마가 갔다 오면서 맛있는 거 갖고 올게. 그동안 할머니 말씀 잘 듣고 언니 말 잘 듣고 있어야 한다."

어머니와 유달리 우애가 각별하던 넷째 작은어머니는 눈물을 감추지 못하고 꼭 돌아오셔야 한다며 어머니의 손을 꼭 잡아주었다. 어머니가 고개를 끄덕였다. 인민군은 어머니를 끌어나가다시피 대문 밖으로 데리고 나갔다. 가족들은 문 앞에 서서 꼼짝도 하지 못했다. 경숙은 따라 달려가고 싶었다. 어머니의 품에 안겨 울고 싶었다. 하지만 참아야 했다. 어머니가 동생을 잘 봐야 한다고 하지 않았던가.

"엄마, 어디가?"

멀어지는 어머니를 따라가자고 떼를 쓰는 동생을 경숙

은 달래야 했다. 동생이 울고 있었다. 경숙은 눈물을 참으려 했지만 참아지지 않았다. 어머니는 어느새 징검다리를 건너 멀어져가고 있었다. 그 너머에 노을이 지고 있었다. 가족들은 노을을 바라보며 오래도록 움직이지 못했다. 자꾸 떼를 쓰는 동생에게 경숙이 말했다.

"울지 마라. 그렇게 자꾸 울면 엄마 안 오신다. 엄마가 맛있는 거 많이 가지고 오실 거니까 언니랑 놀자."

경숙은 언니답게 동생을 어르고 달랬지만 사실 엄마가 너무 보고 싶었다.

낮이 되면 친구들과 놀고 해가 지면 어머니에 대한 그리움 때문에 눈물이 나오는 걸 꾹꾹 참으며 하루하루를 보내고 있었다. 그렇게 시간이 지나갔다. 경숙에게는 남들보다 시간이 더욱 더디게 흐르는 것처럼 느껴졌다.

어머니가 떠나고 시간이 많이 흐른 뒤. 아침부터 비행기 소리가 유난이었다. 가족들은 어떤 일이 일어나는지도 모르고 무서워 떨며 집 안에 가만히 있었다.

"이게 어찌 된 일이냐. 무슨 일이 일어나는지 원, 알 수 있어야 말이지."

할머니께서는 짧게 한탄하시고 경숙과 경숙의 동생을 끌어안았다. 잠시 후 산속에 숨어 있던 셋째 작은아버지가 내려왔다. 문을 벌컥 열고 숨을 헉헉 몰아쉬는 작은아버지의 얼굴이 붉게 상기되어 있었다.

"어머니! 이제 우리 살았습니다. 우리 국방군이 다시 올라오고 인민군들은 북으로 쫓겨가는 길이랍니다. 여기도 벌써 국방군이 들어왔대요. 만세 부르러 갈 랍니다."

작은아버지는 기쁜 얼굴로 문밖으로 뛰쳐나갔다. 가족들 모두 기뻐했으나 마냥 기쁘지만은 않았다. 할머니는 목멘 목소리로 애기했다.

"이럴 줄 알았으면 무슨 핑계를 대서라도 조금만 참고 있을 것…… 이제는 살아 돌아오긴 틀렸구나. 이 어린 것 불쌍해서 어쩌나?"

할머니는 어린 경숙의 동생, 명숙의 머리를 쓸어내리며 애기했다. 경숙은 보국대에 끌려간 어머니를 떠올리며 그렁그렁 맺힌 눈물을 참았다.

산에 올라간 남자 어른들이 하나둘 내려오고 마을은 오랜만에 활기를 되찾았다. 저녁이 되자 박꽃이 하얗게 벌어지고 뜰 아래 핀 분꽃도 활짝 피어났다.

작은어머니들이 저녁을 하느라 분주할 때에 대문 열리는 소리가 들려왔다. 보국대에 가서 죽을 줄 알았던 어머니가 마당으로 들어섰다. 경숙은 넋을 놓고 쳐다보았다. 그러다 방에 앉아 있는 동생 명숙을 큰 소리로 불렀다.

"명숙아, 나와봐! 어머니 오셨다."

"명숙아, 엄마 왔어!"

경숙은 어머니에게 달려갔다. 눈물이 흘러내리느라 어머니의 얼굴이 잘 보이지 않았다. 가족들 모두는 어머니의 음성에 놀라며 달려 나왔다. 모두 어머니를 멍하니 쳐다보다 뜨겁게 눈물을 흘렸다. 명숙도 어머니에게 달려가 품에 안겼다. 그리고 한참 만에 어머니의 눈에 놀라는 어른들의 모습이 들어오자 이윽고 얘기를 꺼냈다.

"사무실로 갔는데 사람들이 수군수군하더니 인민군 장

교들이 가방 속에서 민간인 옷을 꺼내 입고 우리 사이에 끼더라구요. 무슨 영문인지 몰랐는데 아마 전세가 불리해져 쫓기는 모양이었어요. 그렇게 사기막 고개를 넘어 산길을 가는데 머리 위에서 비행기가 요란하게 으르렁거리고 대포 같은 소리가 쾅쾅 들려왔어요. 이제는 죽는구나 생각했구요. 마침 국방군의 차가 셀 수도 없이 몰려오고 있었죠. 반갑기도 했지만, 보국대로 가던 길이라 죽일지도 모른다는 생각이 들어 모두 떨며 서 있는데 차에서 군인들이 내리더니 총을 겨누며 수십 명이 몰려오지 않겠어요? 모두 죽었구나 생각하고 있는데 어찌 알았는지 민간인 옷을 입었던 인민군을 찾아내 데려갔어요. 그걸 보며 무서워 떨고 있는데 한 군인이 다가오더니

'아저씨, 아주머니들 이제 안심하셔도 됩니다. 보국대에 가시지 않고 집으로 돌아가시면 됩니다. 우리 국방군이 올라오고 있으니 마음 놓고 집으로 돌아가십시오. 앞길은 위험하니 뒷길로 가셔야 합니다. 자 모두 집으로 돌아가세요.'라고 하더라구요. 모두 돌아서는데 한 군인이

저한테 오더니 얼굴이 창백하다며 자기 배낭에서 소고기 통조림 하나를 꺼내 주었어요. 먹고 힘내서 잘 돌아가라고 말이에요."

그러고는 통조림을 꺼냈다. 어머니는 힘에 겨웠는지 목소리를 겨우겨우 짜냈다. 그러자 할아버지는

"조상님 덕분이구나. 이렇게 아무 탈없이 살아와 주니 너무 고맙다. 맏며느리인 네가 만약 잘못되기라도 했다면…… 정말 다행이구나."

라고 얘기하며 기쁨을 감추지 못했다.

"배고프겠구나. 우리, 어서 저녁 먹자꾸나. 오랜만에 가족이 함께 다 모였군."

할머니는 상을 차릴 준비를 하며 말했다. 어머니가 가져온 통조림을 따고는 식구들 모두 둘러앉았다.

얼마 후 국방군은 다시 인민군의 힘에 밀려나 남으로 쫓겨갔다. 모두가 피난 준비를 해야 했다.

강바닥이 얼어붙은 겨울. 경숙은 코끝이 아려오는 걸 참으며 호호 손에 입김을 불었다. 추운 겨울에 피난을 떠나는 터라 명주로 안을 넣고 목화솜을 넣어 누벼 만든 옷을 단단히 챙겨 입었다. 남자들은 땅을 깊게 파놓고 쌀과 옷가지 등을 묻어 놓았다.

다 함께 출발했다. 그러나 결국 가족들은 찢어져야 했다. 피난길인 데다가 대가족이 남의 집에서 밥을 얻어먹어야 하는 일은 여간 어려운 일이 아니었다.

"식량 문제도 있고, 이래저래 눈에 띄는 건 좋지 않으니 찢어져서 가야겠습니다, 아버지. 저와 동생 먼저 가죠."

아버지는 할아버지에게 얘기하고 피난을 앞서 떠났다. 가족들은 결국 흩어졌다. 여자 어른들과 할아버지와 함께 떠나는 힘겨운 피난길로 경숙은 점점 지쳐가고 있었다. 그러나 마음을 다잡으려 노력했다.

'안 돼. 이렇게 기죽어 있을 수 없어. 힘을 내야지.'

다른 집에서 얻어먹는 눈칫밥임에도 경숙은 언제나 맛

있게 먹었다. 피난길은 언제나 힘들었기 때문에 조밥과 간장, 김치만으로도 행복했다.

먼 피난길. 눈 덮인 산을 넘어 꽁꽁 얼어붙은 강을 건너자 고향이 가깝게 느껴지는 마을에 이르렀다. 가족들 모두 '산 하나만 넘으면 고향이구나'하는 마음으로 힘든 줄 모르고 걸었다. 경숙도 집이 가까운 곳에 있다는 생각에 피난길을 걷느라 힘겹다는 생각도 들지 않았다. 집이 저 산 너머에 있다는 생각에 경숙은 반짝이는 눈을 막연히 먼 곳에 두었다. 그러자 갑자기 산 뒤편에서 연기가 나는 게 보였다.

'저게 뭐지?' 의아해진 경숙이 어른들에게 말했다.

"산 뒤에서 연기가 나고 있어요. 저기 보세요."

가족들은 서둘러 산 뒤쪽을 바라보았다. 집이 있는 동네에서 연기가 피어오르고 있었다. 집안 어른들이 화들짝 놀라며 긴장하고 있었다. 마음이 급해진 어머니였다. 그 마을 사람들에게 묻는 말이었다.

"저기 산 넘어 보니까 연기가 나고 있는데 어찌 된 일인지 아세요?"

"저 산 너머 마을에 어제 미군들이 집집 마다 불을 놓았는데 여태껏 불타고 있네. 그려."

툇마루에서 먼 산을 바라보며 앉아 있던 그 마을의 할머니가 대답하는 말이었다. 경숙은 하늘이 무너지는 기분이었다. 한 달여 만에 돌아온 고향에 그런 일이 일어났을 줄이야. 경숙의 눈에서는 눈물도 고이지 않았다. 이미 흘렸어야 할 눈물들이 모두 흘러내려 버린 것 같았다.

'허탈하니 눈물도 나오지 않는구나.'

온 가족 모두가 연기가 피어오르고 있는 산 너머를 말없이 바라보기만 했다. 맥없이 발걸음이 떼어지지 않던 가족들은 그 마을에 있는 외가댁에 도착했다. 반갑게 맞아주는 외가댁은 따뜻한 저녁밥까지 내어주었다. 지금까지 힘들게 피난 다녔던 가족들은 그제야 마음이 놓이는 것 같았다.

새벽에 닭이 우는 소리가 들렸다. 좁은 방에 서로 부대끼고 자던 가족들이 하나둘 눈을 뜨기 시작했다. 경숙은 닭 울음소리와 함께 사위가 환해지는 느낌에 눈을 떴다. 그러자 먼저 일어나서 앉아 있는 할아버지가 보였다. 제일 먼저 일어난 할아버지는 아침 일찍부터 나설 채비를 서두르고 있었다.

"할아버지, 어디 가세요?"

"고향 집에 한 번 넘어가 봐야겠구나." 경숙은 할아버지가 고향 집에 간다는 말을 듣고 이불 속에서 얼른 벌떡 일어났다.

"저도요! 저도 갈래요!" 할아버지는 구태여 따라가겠다는 손녀딸을 안쓰러운 눈으로 쳐다보고는 "그래, 가자"라고 말했다.

마을이 보이는 큰 고개에 오르자 마을이 한눈에 들어왔다. 이십여 채가 옹기종기 모여 사는 마을은 온데간데없고 까맣게 탄 집터와 벌판만이 눈에 들어왔다. 할아버지는 마을의 모습에 놀라 고개 마루턱에 주저앉고 말았다. 경숙은 마을을 그대로 두고 볼 수만은 없어 할아버지께 말씀드리고 마구 뛰어 마을로 내려갔다. 마을에 접어

들수록 기가 막혔다. 오밀조밀 모여 있던 집들은 모두 사라져 없었다. 그리고 아직도 여기저기에서 연기가 피어오르고 있었다.

'집은? 우리 집은?' 경숙은 급한 마음에 얼른 집이 있던 곳으로 뛰어갔다. 경숙의 집은 큰 편이었다. 안채에서 아직도 연기가 하늘을 향해 피어오르고 있었고 다른 한구석에서는 미처 타작을 못 해 쌓아두었던 볏단들이 까맣게 타 있었다. 경숙은 머리가 하얘졌다. 멍해져서 타다 남은 집을 바라보는데 옆집에 사는 할아버지가 화가 잔뜩 난 표정으로 다가왔다.

"니 경숙이 아니야. 어디 있다 이제 왔나. 그 몹쓸 놈의 미군들이 이렇게 모두 잿더미를 만들어 버렸구나. 울고 애걸도 해 보았지만 막무가내로……."

옆집 할아버지는 눈물을 보이며 더 말을 잇지 못했다. 옆집 할아버지는 경숙이네 집이 불탈 때에 겨우 챙겨 나왔다며 가구 하나와 돗자리를 경숙에게 건네주었다. 경숙은 옆집 할아버지의 도움으로 가구와 돗자리를 자신의 등에 재빨리 짊어지고 고개를 들었다. 저 멀리에서 지프가 눈에 들어왔다. 키가 큰 미군들이 지프에서 서성이고 있었다. 경숙은 기겁했다. 옆집 할아버지에게 인사를 하는 둥 마는 둥 인사를 건네고 죽을힘을 다해 뛰었다. 미군과 최대한 멀어지려고 뛰고 또 뛰었다.

경숙의 할아버지는 고개 위에서 담배 연기를 뿜으며 흔적도 없는 마을을 내려다보고 있었다. 경숙은 할아버지 앞에 등에 진 돗자리와 가구를 내려놓고 말했다.

"할아버지! 이거, 옆집 할아버지가 주신 거예요. 우리 집도 다 타서 이것밖에 남지 않았어요."

할아버지는 눈물 젖은 눈으로 가구와 돗자리를 한 번 쓰다듬어보고는 타버린 마을을 멍하니 바라보고 있었다.

우리 가족은 그로부터 한참 후에 집으로 돌아갔다. 집터로 돌아가자마자 땅을 팠다. 땅속에 묻어 두었던 양식이 불길에 그을려 있어 먹을 수 없었다. 하지만 뭐라도 먹어야 했다. 그렇기에 어머니는 그 쌀로 밥을 지었다.

겨울은 유난히 길었다. 집은 불에 타 없어지고 말았다.

경숙의 가족은 언 땅을 파헤치고 겨우 움집을 지었다. 하지만 살을 에는 추위는 어찌해볼 도리가 없었다.

'너무 추워. 하지만 다들 견디고 있잖아. 전쟁이 얼른 끝나 버려야 할 텐데…….' 경숙은 최대한 웅크려놓고 무릎을 부여잡았다. 뼈까지 얼어붙을 정도의 혹독한 추위였다. 경숙은 그 추위를 견뎌내기에는 너무 여렸다.

기나긴 겨울이 물러갔다. 경숙은 더는 추위와 싸우지 않아도 되었다. 따뜻한 봄이 왔다. 추위로 고생하지 않아도 된다는 생각이 들자 마음이 놓였다. 하지만 전염병이 돌고 있었다.

전염병을 피해 가는 곳은 그 어디에도 없었다. 동네방네 구석구석을 휩쓰는 전염병이 경숙의 집에도 반갑지 않은 손님으로 들이닥쳤다. 경숙은 자신의 동생을 전염병으로 잃어야 했다. 경숙은 죽기 전까지 애타게 아버지를 찾던 동생을 떠올리면 한없이 슬펐다.

날씨는 점점 따뜻해져 먼 산에 아지랑이가 피어오르고 있었다. 국민병으로 가 있던 남자들이 하나둘 마을로 돌아오기 시작했다. 아버지도 돌아왔다. 경숙은 동생이 조금만 견뎌 주었으면 아버지를 볼 수 있었을 거라는 생각에 마음이 서러웠다. 봄이 오고 있었지만, 남아 있는 것은 아무것도 없었다. 농사를 지을 수조차도 없었다. 하지만 가족들은 그대로 살 수는 없었다. 가족들은 이웃과 함께 흙벽돌을 찍어 집을 지었다. 하지만 지붕이 무너지고 벽이 허물어졌다. 이를테면 반쪽만 남은 집에 불과했다. 배가 고팠다. 하지만 전쟁으로 폐허가 된 집이 점점 수선되는 것처럼 가족들의 상처도 조금씩 아물어 가고 있었다, 다만 넷째 작은아버지가 돌아오지 않는 일만 빼놓고 생각하면 모두 괜찮아지고 있었다.

전염병은 넷째 작은어머니마저 데려갔다. 평온함을 되찾아가던 가족들은 휘청할 수밖에 없었다. 엎치고 덮친 격으로 김천 형무소로부터 한 통의 편지가 날아왔다. 연락 두절이던 넷째 작은아버지로부터의 편지였다.

"형님 보십시오. 저는 우상이하구 집으로 돌아 가다가 김천 경찰서에 도피한 죄로 붙들려 문초를 받았습니다. 나는 도민증과 증명이 있는데 큰집 우상이는 없어서 나는 여러 형제고 우상이는 독자라 제 것을 주어 대신 행세를 하게 하여 무사히 집으로 돌려보냈습니다. 나는 그로 인해 여기 남아 빨갱이 누명을 쓰고 지금 형무소 생활을 하고 있습니다. 머지않아 사형에 처해 질지도 모르는 상황이라서 이렇게 급하게 형님에게 편지를 올렸습니다. 오셔서 절 좀 구해 주세요."

편지를 쥐고 있던 아버지의 손이 심하게 떨리고 있었다. 경숙은 심상찮다고 여겨져 불안한 마음으로 물었다.

"아버지? 이게 무슨 편지에요? 무슨 내용이에요? 작은아버지가 뭐라셔요?"

"……."

아버지는 아무 말이 없었다. 백지장처럼 얼굴이 하얘졌다. 그리고 쏜살같이 큰집으로 달려갔다. 어른들은 그런 아버지의 행동에 모두 놀라며 불안한 표정으로 걱정할 뿐이었다. 얼마간 시간이 지났다. 큰집에 갔던 아버지가 돌아왔다. 경숙은 창백해진 아버지의 표정을 살폈다. 아버지는 넋을 놓고 있었다. 먼 곳을 바라보다가 편지를 바닥에 떨어뜨리고 말았다. 가족들이 그 편지를 읽어나가기 시작했다. 어른들의 표정은 점점 하얗게 변해갔다. 그러자 입을 닫아걸고 있던 아버지가 얘기했다.

"이럴 때가 아니지, 얼른 진정서에 도장을 받아야겠어요! 마을 사람들한테 도장을 받아 형무소에 가면."

"그래요. 형님, 아무것도 하지 않는 것 보다야 훨 낫죠."

경숙은 마음이 심란해졌다. 뭔지는 잘 모르지만 불안하고 초조했다. 넷째 작은아버지에게 좋지 않은 일이 생겼다는 건 가족들이 나누는 얘기만을 알 수 있었다. 괜찮으실까. 경숙의 아버지가 주섬주섬 채비하여 바깥으로 달려나갔다. 그것 말고는 다른 방법은 없다는 듯이.

하지만 진정서에 도장을 받는 데에는 열흘이라는 시간

이 훌쩍 지나버렸다.

 형무소에서 돌아온 아버지와 셋째 작은아버지의 모습은 수척하기 짝이 없었다. 넷째 작은아버지가 돌아오기를 학수고대하던 가족들도 망연자실한 모습이었다. 경숙도 덩달아 불안해졌다. 얼굴이 굳어진 아버지는 쉽게 입을 열지 못하고 있었다.
 "넷째는 어디 갔느냐?"
 할아버지가 참다못해 얘기를 꺼냈다. 그러자 아버지가 곤혹스러운 표정으로 대답했다.
 "넷째가 너무 약해져서 대구에서 몸 좀 추스르고 오라고 우리 둘만 먼저 돌아왔습니다."
 "그러냐? 그동안 많이도 힘들었나 보구나. 그 속에서 얼마나 애를 끓었을지."
 결국, 두 사람의 대화에 귀를 쫑긋해 있던 할머니 양 볼 주름 사이로 눈물이 뚝뚝 떨어져 내리고 말았다. 셋째 작은아버지도 방에서 나와 조용히 흐느끼기 시작했고 또한 아버지의 어두운 표정도 걷히지 않았다.

"왜요? 무슨 일이 있었던 건가요?"

경숙의 어머니가 재차 묻자 아버지가 무겁게 입을 열었다.

"이미 형무소에 갔을 때는 너무 늦었네. 넷째 시체만 보고 왔는데, 어찌나 고문을 많이 받았는지 몸이 통통 붓고 머리털이 다 빠져있었지. 알아보기조차 힘들었네. 헌병 장교가 말하길 사형시키기 직전에 불러다 놓고 마지막 할 말을 물으니 소원은 없다 하면서 고향에 계신 부모님께 마지막 절이나 올린다고 하며 고향 쪽을 향해 절을 세 번 하고 대한민국 만세를 세 번 불렀다는군. 이 말을 어떻게 부모님께 할 수 있겠나."

아버지는 고개를 숙이고 참던 눈물을 결국 쏟아냈다. 가족들은 비통한 소식에 할 말을 잃고 멍하니 제 자리에 못에 박힌 듯 오랫동안 서 있었다. 경숙은 넷째 작은아버지의 얼굴을 떠올렸다. 그렇게 좋은 분이 돌아가시다니!

경숙의 어머니도 흐르는 눈물을 주체하지 못하고 저고리로 눈물을 훔쳤다.

세상에 비밀은 없는 법. 아버지의 거짓말은 오래가지 못했다.

앓아누우신 할머니는 다시는 큰 집을 보지 않겠다 했으나 간곡한 아버지의 부탁으로 겨우 힘을 차려 자리에서 일어났다. 경숙은 전쟁이 남긴 상처가 다 아물려면 아주 많은 시간이 필요할 것 같았다.

경숙은 방안에 앉아 건너편에서 들려오는 어른들의 대화를 들어보려 기를 썼다. 이미 기울어가는 가세 때문에 중학교 진학은 포기하고 있었다. 아버지의 한숨 소리가 유난히 깊고 크게 들리고 있었다.

아버지를 비롯한 작은아버지들의 몸이 불편했다. 그런 몸으로는 농사일이 힘들었다. 품을 사야 했다. 품삯을 줘야 했는데 언제나 농사는 적자가 났다. 아버지는 어떻게든 집안을 살리기 위해 정미소를 시작했다. 그러나 사정이 어려운 이들에게는 공짜로 벼를 쪄 주었는지라 남는 건 없었다. 그러는 사이 셋째 작은아버지는 빚을 얻어 석유 장사를 시작했다. 군부대로부터 석유를 사다 파는 일이었는데 군수 물품이라 걸핏하면 압수를 당하곤 했다. 셋째 작은아버지는 버티다 못 해 충주로 이사하고 말았다. 그런데, 경숙의 아버지 정미소에도 빨간 딱지가 붙고 말았다.

"셋째 그놈이 고리 대금업자한테 내 도장을 찍을 거라고는 생각도 못 했네. 그놈의 밭문서랑 논문서까지 잡히고 더 잡힐 게 없으니 내 것을 잡혀 쓴 모양인데. 이럴 거라고 생각이나 했겠는가."

아버지는 어머니에게 미안해하며 고개를 숙였다. 논에는 벼가 누렇게 익어 있었다. 수확을 기다리고 있었는데 논에 말뚝이 박히고 빨간 줄이 둘러쳐져 있었다. 그것을 본 할머니는 몸져눕고 말았다.

집안은 초상집처럼 변하고 말았다. 영문을 알 길이 없었다. 셋째 작은아버지에게 전보를 쳤다. 이튿날 할아버지는 죄인처럼 몸을 웅크리고 들어온 셋째 작은아버지의 머리채를 휘어잡고 화를 내고 있었다.

"이놈아! 이게 도대체 어떻게 된 일이냐. 바른대로 말 못 하겠냐?"

그러고는 셋째 작은아버지를 땅바닥에 내팽개치고는 호되게 때리기 시작했다. 가족들은 역정을 내는 할아버지의 모습이 무서워 벌벌 떠는 셋째 작은아버지의 초라한 모습이 안쓰러워 고개를 돌렸다. 보다 못한 아버지가 할아버지를 말리기 시작했다.

"아버지. 고정하세요. 엎질러진 물 이제 와 무슨 소용이 있습니까. 셋째 너, 도대체 어찌 된 일인지 말이나 속 시원히 해 보거라. 네가 기름장사 한다고 흥청거릴 때부터 걱정이 되긴 했지만 네가 이렇게 큰일을 저지를 줄은 몰랐다. 내 도장을 가져다 몰래 찍을 생각을 하다니."

작은아버지는 고개를 푹 숙여놓고 아무런 말을 못 했다.

'정말 너그러운 분이시구나. 아무리 형제라지만 다른

집이라면 무척이나 싸웠을 것 같은데.'

경숙은 자신의 아버지를 보며 그렇게 생각했다. 결국, 아버지가 용서해 작은아버지의 잘못을 용서한 것이나 다르지 않으니 말이다.

억울하게 재산을 빼앗긴 경숙의 아버지는 채권자를 상대로 소송을 제기했다. 하지만 재판은 한 번에 끝나지 않았다. 자꾸자꾸 미뤄지곤 했다. 삼 년. 삼 년이라는 긴 시간 끝에 재판은 끝났다. 하지만 땅과 정미소를 모두 빼앗기고 말았다. 채권자가 법원 판사에게 뇌물을 주고 재판에서 이겼다는 사실을 한참 후에 알게 된 것이다.

경숙의 아버지는 세상을 미워했다.

배럴아이는 누구나 잘 아는 것처럼 아예 머리 위쪽이 다 투명하다. 그래서 머리 위쪽도 곧장 보며 주변을 다 살필 수 있다. 깊은 바다 수심 600m 부근에 사는 심해어로, 대서양과 태평양 그리고 인도양의 열대 및 온대 해역에서 발견된다. 영어권에서는 Spook fish라는 이름으로도 불리는데, 이 이름은 몇몇 은상어류의 이름에 붙어 있기도 하다. 작은 갑각류나 연한 살을 가진 무척추동물로 해파리나 관해파리등을 주로 잡아먹는다.

머리 속의 초록색 공같이 생긴 것이 진짜 눈이다. 입 부분의 눈 같은 구멍 2개는 콧구멍이다. 투명한 머리통 안에 눈이 들어있다고 해서 배럴아이라고 불리며 통안어라고도 불린다. 이름답게 모든 종이 이러한 눈 모양을 가지고 있다.

아래쪽의 하얀 부분은 작은 거울 같은 역할로, 이걸 이용해 적은 양의 빛을 모아 어두운 심해에서 시야를 확보한다고 한다. 또한 통안어의 눈은 거의 자유자재로 돌릴 수 있기 때문에 투명한 머리를 통하여 위쪽을 바라보는 것이 가능하다.

언젠가는 다 알게 되어 있다.

귀래일기

장편소설 《귀래일기》 요약본

그 어느 여름보다도 뜨거웠다. 나무 그늘로 매미 떼가 몰려와 더위를 견디느라 기염을 토해내고 있었다. 태양의 열기에 나뭇잎이 축 늘어져 헐떡거리는 여름이었다. 박현식 박사도 더위에 지쳐있었다. 하지만 할 일이 태산이었다. 언제나 그랬던 것처럼 발걸음을 늦출 수 없었다. 그는 바쁜 걸음으로 건물을 나서고 있었다. 이마에 흘러내리는 땀을 연신 닦아내며 회의 중에 받지 못했던 부재중 수신기록을 확인했다. 여러 통이었다. 그중에는 국가

기록원도 있었다. 마치 현수막 문구처럼 느껴졌다. 무척 기다리던 전화였다. 반갑고 마음이 급했다. 발신 버튼을 누르려던 참이었다.

"박사님! 이거 가져가셔야죠."

박현식 박사가 뒤를 돌아보았다. 백년독서대학 학생인 김긍수의 손에 자신의 노트가 들려 있었다.

"아! 감사합니다."

"감사는, 제가 더 많이 해야죠."

"그러신가요? 아, 마침 전화하려던 참이었습니다. 아마 국가기록원에서 좋은 소식이 있을 것 같습니다."

"정말인가요? 그럼 집에 가서 아내에게도 알려줘야겠군요."

국가기록원이라는 말에 김긍수가 금세 알아듣고 좋아했다.

"네. 꼭 좀 전해주세요."

백년독서대학은 원주시 귀래면에 있다. 머리카락이 희끗희끗한 중장년들이 모여 책을 읽는 모임이다. 박현식 박사는 그 모임의 교사 역할을 하고 있었다.

박현식 박사는 김긍수와 헤어지자마자 휴대폰부터 꺼내 들었다. 국가기록원장이 기다렸다는 듯이 받았다.

"일기, 읽어봤습니다. 말씀하신 대로였습니다. 귀래지역의 날씨, 물가정보, 농촌의 생활상 모두 역사적으로 기록되고 보존될 만한 가치가 있더군요. 이런 귀중한 자료를 발굴해 주셔서 감사합니다."

"아뇨. 별말씀을요. 할머니께서 열다섯 살 때부터 지금까지 하루도 거르지 않고 꾸준히 쓰신 일기입니다. 잘 보관해주세요."

"예. 그럼 다시 연락드리죠."

열다섯 살 때부터 하루도 거르지 않고 쓴 일기였다. 일기를 쓴 주인공이 김긍수의 아내 최영숙이다.

박현식 박사는 우연한 기회로 일기에 대해 알게 되었다. 얼핏 생각하기에는 그렇고 그런 일기에 불과했다. 하지만 일기의 내용을 살필수록 기록의 가치가 대단했다. 마치 중요한 역사를 대하는 것 같았다. 그렇다면 대한민국의 역사적 기록에 추가해야 할 것이 아닌가. 역사라는 건, 지금의 우리가 있게 해 준 이야기, 수많은 노력과 삶의 기록이다. 박현식 박사는 그녀와 그녀 삶의 이야기, 그녀를 관통해 온 사람들의 얘기를 국가기록원에 보존해야 한다고 생각했다. 그런 생각으로 국가기록원 보존을 서둘러 추진했다. 그 결과 그녀의 긴 이야기를 실제 국가기록원에 보존하게 된 것이다.

박현식 박사는 찌는듯한 더위 속에서도 발걸음이 시원했다. 걸음을 내디딜 때마다 상쾌한 바람이 볼을 스치는 듯했다.

'이제야 할머니의 일기가 기록원에 보존되는군. 오래 씨름한 보람이 있었어.'

박현식 박사가 중요한 과제를 끝낸 사람처럼 가뿐히 걸었다.

하지만 최영숙의 일기에는 그보다 더 중요한 얘기가 있다. 그 얘기에 평범한 사람들의 생생한 역사가 있고 교훈이 있다. 또 숭고한 정신과 의미도 깃들어 있다. 그렇기에 그 삶의 얘기를 수십 년이 지난 지금의 시각으로 바라봐 주기를 기대해 본다.

 이것은 최영숙, 그녀의 일기와 그녀의 이야기다.

 여기, 작은 영숙 영숙이 웅크려 앉아 있다. 영숙은 연필을 서투르게 깎아 쥐고 해질 대로 해진 책장을 내려다보았다. 서늘한 바람이 영숙의 방문을 살며시 두드리고 있었다. 영숙은 곁에서 잠든 가족들을 방해하지 않으려 바람으로 흔들리는 호롱불에 의지하여 조심스럽게 책장을 넘기고 있었다. 태산처럼 무거운 눈꺼풀을 들어 올려 죽을힘을 다해 졸음을 쫓아내고 있었다. 이번엔 반드시 일등 할 테야…… 얼마 전 아버지에게 반에서 4등 성적표를 보여주며 꾸중을 들었기 때문이었다. 이왕이면 1등을 해야지, 4등이 뭐냐! 여전히 영숙의 귓가에 아버지의 꾸중이 여전히 맴돌고 있다. 바람이 문풍지 틈으로 새어 들어오고 있었다. 영숙은 몸이 움츠러들었다. 하지만 마음만은 다잡고 있었다. 반드시 1등을 하고 말겠어. 아버지를 기쁘게 해 드려야겠어. 그리고 영숙의 호롱불은 오래도록 꺼지지 않았다.

"학교 다녀오겠습니다." 영숙은 고사리 같은 손으로 힘겹게 옷을 여미며 꾸벅 인사를 했다. 영숙의 가정은 증조할머니, 할아버지와 할머니까지 4대가 함께 사는 대가족이었다. 어른들이 많은 집이었다. 예의를 중시했다. 반드시 매일 아침 학교로 출발하기에 앞서 증조할머니에게 인사부터 해야 했다. 그것은 영숙의 일과 시작이었다. "그래. 날도 추운데 잘 다녀오거라." 증조할머니의 대답에 옆에 앉아 있던 할아버지, 할머니가 미소로 대답했다. 그제야 영숙은 고모와 함께 대문을 열고 나왔다. 영숙은 영숙보다 한 살 많은 고모의 손을 꼭 잡았다. 손이 시렸다. 다른 손은 보자기 안으로 밀어 넣었다. "가자." 영숙은 고모의 말에 고개를 푹 숙이고 천천히 발을 내밀었다. 둔덕 위로 내린 지 얼마 되지 않은 눈이 소복이 쌓여 있었다. 발자국을 하얀 눈길 위에 새길 때마다 신발 밑창으로 싸늘한 냉기가 파고들었다. 발가락을 움츠리고 옷을 더욱 단단히 여몄다. 그래도 작은 영숙의 몸 안으로 차가운 겨울바람이 밀려 들어왔다.

학교까지 가는 길은 너무나 멀었다. 원래도 발바닥이 아프도록 걸어야 하는 거리였지만 날카로운 겨울바람 때문에 더 멀게 느껴졌다. 걸어도 걸어도 학교는 아득히 멀었다. 하지만 영숙은 이를 악물고 걸었다. 이번 시험을 위해 공부한 시간이 눈앞을 스쳐 지나갔다. 아버지를 기쁘게 해 드려야 해. 겨울바람을 막아 보려 고모와 잡았던 손을 일찌감치 책보 보자기 안으로 밀어 넣고 있었다. 그러나 별 소용이 없었다. 손등을 후려치는 바람이 여전히 매서울 뿐이었다.

손이 제대로 쥐어지지 않았다. 바람이 부딪힐 때마다 비명이 저절로 새 나왔다. "흑… 흑……" 참기 힘든 아픔이 밀려들어 눈물을 참으려 애를 썼다. 하지만 허사였다. 어느 틈에 영숙의 볼에 눈물이 떨어지고 있었다. 그래도 학교는 보이지 않았다. 영숙은 학교에서 멀리 떨어져 사는 것이 안타깝고 서러웠다. "조금만 참자. 학교 가야지. 학교 가면 따뜻한 난로가 있으니 훨씬 좋을 거야." 고모의 위로에도 영숙은 눈물이 멈추지 않았다. 바람이 귓불을 베어내는 것 같았다. 야속했다. 조금만 참자, 조금만 참자… 얼마간 걸었을까. 얼어붙은 영숙의 귓가에 낭랑한 목소리가 들렸다.

"어머, 애! 꽁꽁 얼었네. 이리 와. 나한테 업히렴."

영숙은 바람에 감겨 진 눈꺼풀을 힘겹게 올렸다. 육학년인 조기암 언니였다. 영숙은 체면 불고했다. 얼른 감사하다 말하고 등에 업혔다. 언니의 등은 작았다. 그래도 그 작은 등은 포근했다. 차가운 바람이 영숙의 팔등을 휩쓸고 지나가지만 조금 전 같지는 않았다. 언니의 체온에 얼었던 몸통이 천천히 녹아내리는 느낌이었다. 영숙의 눈꺼풀이 다시 무거워지기 시작했다. 아직 안 돼. 오늘은 중요한 시험이 있잖아. 참아야 해. 참고 학교에 가야……
그러나 영숙의 작은 눈꺼풀 위에 잠이 내려앉고 말았다.
"얘! 이제 일어나렴. 학교 다 왔어." 기암언니의 낭랑한 목소리에 영숙은 화들짝 놀라며 잠이 깼다. 언니의 등을 서둘러 내렸다. 책보를 겨우 추슬러 교실로 들어서자 장작불 타는 소리가 교실에 퍼지며 난로의 불꽃이 이글거리고 있었다. 영숙은 좁은 교실에 다닥다닥 줄을 맞춰놓은 책상을 훑으며 자신의 자리를 찾아 앉았다. 책보를 자리에 내려놓고 종종걸음으로 난롯가로 다가갔다. 감각이 사라진 꽁꽁 언 두 손으로 난롯불을 쬐었다. 재빨리 곱은 손을 녹이고 싶었다. 두 손을 난로 위에 닿다시피 하여 뒤집고 이리저리 흔들었다. 손등과 손바닥을 비벼대며 친구들의 상태를 살폈다. 오늘 시험이 있는 날이었다. 모두 시험공부를 열심히 해온 것 같았다. 영숙은 아버지를 기쁘게 하고 싶었다. 그러자 긴장이 되며 걱정이 많아졌다.

수업이 시작되는 종소리가 울렸다. 영숙은 자리에 앉

앉다. 짧은 단발머리를 귀 뒤로 쓸어 넘기고 연필을 비장한 마음으로 꺼내 들었다. 담임선생이 들어왔다. 그렇지 않아도 무뚝뚝한 표정이었다. 표정이 굳은 선생의 손에 시험지가 든 갈색 종이봉투가 들려 있었다. 그래. 이번엔 반드시 일등을…… 자리가 정돈되고 시험지가 차례로 배부되었다. 영숙은 두 손을 꼭 쥐었다 펴기를 반복했다. 산수시험이었다. 연필을 쥔 손에 힘을 주어 성명란에 '최영숙'이라고 썼다.

하늘에서 눈송이 하나가 춤을 추며 내려오고 있었다. 뒤이어 눈송이들이 연달아 허공을 맴돌며 사뿐히 내려앉고 있었다. 세상이 온통 눈에 뒤덮이고 있었다. 그래도 교실 안에서는 여념이 없었다. 정답을 찾아 적느라 비장한 정적만 가득했다. 일등을 목표로 시험지 앞에 앉은, 어린 시절의 영숙도 비장한 마음으로 정답을 찾아가고 있었다.

"다녀왔습니다!" 어린 영숙이 얼어붙은 현관문을 힘껏 열어젖히며 뛰어 들어왔다. 집안 어른들에게 인사를 건넨 다음 방에서 나오는 아버지 뒤를 종종걸음으로 따랐다. 아버지를 기쁘게 하고 싶었다. 마음이 급해 방으로 들어가는 아버지의 등에 대고 얘기했다.

"아버지, 보여드릴 게 있어요!"

"뭐냐?"

영숙의 들뜬 음성에 영숙 아버지가 재빠르게 뒤를 돌아봤다.

"아버지. 여기, 성적표. 저, 이번 시험, 일등 했어요!"

영숙은 찬바람에 콧물을 흘렸다. 여전히 코를 훌쩍이며 환하게 웃어젖히며 하는 말이었다. 아버지가 성적표를 받아 들고 혼잣말처럼 얘기했다.

"국어 수, 수학 수, ……"

전 과목이 '수'였다. 자신의 큰딸이 학교에서 가장 성적이 우수하다는 것이다.

"그렇구나! 기특한 녀석. 그래, 내가 저번에 했던 말을 잊지 않고 있었구나. 잘했다. 이제 도장을 찍어 줘야겠네."

아버지는 매우 좋아하며 영숙을 방안으로 데리고 들어갔다. 낮은 책상 서랍을 열고 손때가 묻어있는 도장을 꺼냈다. 영숙은 마음이 급해 아버지의 뒷모습을 살피며 발을 동동거렸다. 아버지는 칭찬하는 의미로 성적표에 도장을 찍었다. 이를테면 영숙의 성적을 칭찬하고 있었다. 영숙은 아버지를 기쁘게 해 주었다는 마음이 들었다. 그리고 아버지로부터 인정받은 것이 좋았다. 기분이 날아갈 것처럼 좋았다.

"감사합니다. 아버지!"

영숙이 인사하며 아버지의 표정을 살피다가 순식간에 미소를 잃고 말았다. "그래."라고 얘기하는 아버지의 표정이 밝지 않았다. 아버지의 얼굴에 서린 아쉬움과 안타까움이 어린 영숙의 눈에도 보였기 때문이다. 영숙은 후다닥 자리를 피하려고 삐걱대는 문고리를 재빨리 잡아당기자 쾅 소리를 내며 문이 열렸다. 영숙은 방안에 우두

커니 앉은 아버지가 마음에 걸렸다. 그런 아버지를 두고 천천히 마루를 걸어가며 생각했다. '그래도 일 등을 했으니 됐어.' 스스로 위로해 봤지만 편하지는 않았다. 영숙은 겨울의 한기가 그대로 스며들고 있는 마루를 종종걸음으로 걸어 얼른 자신의 방으로 들어갔다. 그리고 "남의 집 줄 딸이 저렇게 총명하니, 원……" 이라 말하는 아버지의 푸념을 듣지 못하고 따뜻한 이불속에 몸을 맡겼다.

찬바람이 물러가는 계절이었다. 겨울의 한기가 가시며 둔덕마다 여린 잎들이 돋아났다. 눈이 시린 하얀 세상이 눈이 아프도록 푸르게 변해갔다. 영숙은 봄이 좋았다. 학교 가기에는 먼 길이었지만 그래도 봄이면 겨울보다는 훨씬 나았다. 고모 손을 잡고 열심히 걷다가도 둔덕에 피어오르는 풀잎들과 들꽃들을 보면 마음이 설레었다. 어떤 때는 고모와 함께 나란히 앉아 꽃들을 하나씩 가리키며 이름을 외워보기도 했다. 이건 제비꽃, 이건 민들레…… 매미가 목이 찢어지게 울어대는 여름도 좋았다.

학교에서 돌아오는 길이면 학교 앞에 흐르는 남한강에 친구들과 둘러앉아 물놀이도 하고 다슬기도 잡았다. 나무를 엮은 뗏목 배가 지나갈 때면 친구들과 함께 멀리서 물살을 가르며 고요하게 지나는 항해 모습에 흠뻑 빠지기도 했다. 가을은 가을대로 좋았다. 푸른 나뭇잎들이 옷을 갈아입기 시작하면 영숙과 친구들은 함께 배고픔을 달래러 옥수수밭으로 들어갔다. 허기를 채우러 영숙은 옥수수를 따고 남은 빈 대공의 껍데기를 깠다. 비록 옥수수 알갱이는 아니었으나 껍데기를 잘근잘근 씹을 때 입 안에 고이는 옥수숫대 즙물은 달고 맛있었다. 어떤 날에는 무를 심었던 빈 밭에 들어가 무 자투리를 베어먹기도 했다.

하지만 언제나 즐거운 것만은 아니었다. 영숙의 마음 한구석에 무거운 돌이 내려앉아 있었다. 떠올리면 영숙을 갑갑하게 만드는 것이 있었다. 학급에서 일등을 했음에도 마냥 기뻐하지만 않던 아버지의 표정은 2학년이 되어서도, 3학년이 되어서도 잊히지 않았다.

영숙은 선생님들이 보기에도 영특한 학생이었다. 품행도 방정하고 시험을 보면 당연하다는 듯 일등을 차지하는 영숙이었다. 선생들 모두는 칠판을 또렷한 눈으로 바라보는 영숙을 금세 예뻐하기 일쑤였다. 심지어 교장은 영숙을 천재라 부르기까지 했다. 그런 까닭으로 고학년 생들, 특히 여학생의 시기가 들끓었다. 그러함에도 불구하고 아버지의 표정은 밝지 않았다. 아버지는 일등 성적표를 받은 영숙의 뒤통수에 항상 푸념처럼 얘기했다.

"저것이 아들이면 가문의 기둥일 텐데…… 남 줄 자식이 왜 이리 영특한지."

어린 영숙은 남 줄 자식이라는 아버지의 얘기에 속이 상했다. 왜 나를 남 줄 자식이라 하시는 걸까. 또 이웃집에서 반주 한 날에는 아들이 있는 이웃집을 부러워하며 탄식했다. 영숙은 스스로 자신을 원망스러웠다. 아들로 태어나지 않은 것이 못내 아쉬웠다.

산과 들판이 차례차례 옷을 바꿔 입고 있었다. 영숙의 마음은 초조해졌다. 고학년이 될수록 갑갑해지는 마음을 점점 주체하기 힘들었다. 대부분의 시골 살림의 형편은 좋지 않았다. 영숙네 사정도 마찬가지였다. 다른 친구들에 사정에 비하면 부유한 편에 속하기는 했다. 하지만 가족이 많아 늘 쪼들리는 살림이었다. 그래도 영숙은 중학교 진학의 꿈을 놓지 않았다.

"애야! 너는 그렇게나 중학교에 가고 싶으냐?"
 영숙아버지는 입술이 댓 발이나 나온 영숙을 앞혀놓고 얘기했다. 학교에서 천재, 수재 소리를 들으며 모두에게 인정받고 있는 영숙은 중학교 진학을 간절히 원했다. 어떻게든 진학학 싶은 마음에 영숙은 아버지를 조르기도 하고 어떤 때는 밥을 굶어가며 단식으로 떼를 썼다. 그런 영숙을 보다 못해 아버지가 결국 영숙과 마주 앉아 꺼내는 말이었다.

"아버지는 지금 너를 중학교에 보낼 형편이 못 되려니와 네가 아들이라면 내가 무슨 짓을 하든지 가르치겠지만 여자인 너를 가르쳐봤자 무슨 소용이 있겠니?"

또. 또 아버지는 내가 아들이 아니라 딸이라서 진학이 어렵다고 말하는 것으로 판단했다. 영숙은 섭섭했다. 그렇지만 아버지의 말이 이어져 들어보기로 했다.

"그럼, 이 아버지하고 약속을 하나 하자."

"무슨 약속이요?"

잠시 고민을 하던 아버지가 말을 이었다.

"너, 지금까지 남동생이 없지? 그래서 말인데…… 이번에 엄마가 임신해서 네가 졸업 전에 남동생을 본다면 너를 중학교에 보내주마. 하지만 만약 딸이라면 보내 줄 수가 없단다."

영숙은 그 어떤 것보다 중학교 진학이 간절했다.

"네."

아버지 방을 나온 영숙의 마음은 불안에 휩싸였다. 어머니가 과연 남동생을 낳을까. 염려가 생겨나기 시작했다. 그러나 영숙 자신이 할 수 있는 것은 아무것도 없다고 생각했다. 영숙은 하는 수 없이 어머니가 남동생을 낳기를 기도하며 학교생활을 하기로 마음먹었다. 영숙은 학교에서 변함없는 모범생이었고 가정에서는 어머니의 일과를 돕는 살림꾼이었다.

영숙이 중학교에 대한 부푼 꿈을 안고 있는 사이 어머니의 배는 점점 불러 갔다.

"선생님! 오늘은 일찍 보내주세요."

"왜 그러냐? 이제 한 시간 남았는데."

"급한 일이 있단 말이에요, 오늘만 일찍 보내주세요."

"알았다." 선생님은 어쩔 수 없다는 듯 얕은 한숨을 쉬었다. 영숙은 조그마한 손으로 가방을 챙기기 시작했다. 서두르느라 교문을 빠져 뛰어나오다 넘어질 뻔도 했다. 학교에서 집으로 가는 길은 멀었다. 하지만, 영숙은 지치지 않았다. 뛰고 또 뛰었다. 오늘이다. 엄마가 동생을 낳는 날. 그동안 마음속으로 열심히 기도했으니 남동생을 낳을 것만 같았다. 영숙은 가쁜 숨을 몰아 쉬어가며 쏜살같이 달렸다. 길가의 밭들, 둔덕, 작은 풀잎들 하나하나가 표정 없이 휙휙 지나갔다. 하지만 마음이 급해 숨이 가쁘지도 않았다.

영숙은 집이 가까워지자 달리기를 멈췄다. 조급한 마음으로 대문을 향해 다가갔다. 대문에는, 금줄이, 금줄에는 고추가 달려 있었다. 영숙은 풀썩 주저앉았다. 어머니는 여동생을 낳은 것이다.

영숙은 방에 혼자 앉아 멍하니 빛이 바랜 벽지를 쳐다보고 있었다. 엄마가 여동생을 낳던 날 온종일 방안에 틀어박혀 있었다. 영숙은 여동생을 낳은 어머니가 원망스러웠다. 좁은 방 안에서 숨죽여 세상을 다 잃기라도 한 것처럼 울고 또 울었다.

"애야, 나와라, 미역국 끓여놨어. 맛있게 끓였으니 얼른 밥 먹어야지."

굵은 눈물이 영숙의 볼에 뚝뚝 떨어져 내렸다. 얼굴이 파묻혀있는 양 무릎 사이를 좁혀가며 어머니에게 떼를 썼다. 어머니가 원망스러웠다. 어머니의 힘 빠진 목소리가 들려왔다. 그래도 불만은 수그러들지 않았다. 할머니가 영숙의 마음을 이해하며 달랬다. 하지만 소용없었다. 도무지 마음이 풀어지지 않았다. 집안일을 내팽개치고 옴짝달싹하지 않았다. 따져보니 사흘씩이나 그러고 있었다. 이를테면 사흘 동안 엄마와 동생의 얼굴을 외면하고 있었다. 방안에서 어머니의 지친 음성이 들리는 듯 마는 듯했다. 귀를 기울였다. 갓 난 동생이 칭얼대는 소리가 들려왔다. 영숙은 어머니 몰래 방안을 들여다보고 싶었다. 방문을 조심스럽게 열었다. 아뿔싸 '삐걱' 소리가 마치 천둥소리만큼이나 컸다. 마음이 앞서서 손놀림이 서둘러졌기 때문이다. 어머니와 마주할 생각에 가슴이 쿵 내려앉았다. 영숙은 멋쩍은 감정이라는 게 무엇인지는 몰랐다. 그러나 왠지 엄마 보기에 쑥스럽고 미안했다.

좁다랗게 열려있는 안방 문 옆에 기대섰다. 방 안에서는 왜소하고 작은 영숙의 모습이 쉽게 보이지 않았다. 영숙은 빼꼼히 열린 문틈으로 어머니 품에 안겨있는 동생을 바라보았다. 아직 강보에 싸인 자그마한 여동생은 강아지 모습처럼 깜찍했다. 가끔 보채는 소리를 내고 있었지만 상기된 볼이 편안해 보였다. 영숙의 마음은 점점 달아올랐다. 점차 차가워지는 날씨에도 불구하고 몸통에서 열기가 생겼다. 차갑게 느껴지지가 않았다. 동생은 귀여웠다. 천사 같은 얼굴로 꿈꾸듯 잠들어 있는 동생을 바라보자 서운했던 마음이 조금씩 풀어지고 있었다. 그러나 어머니의 표정을 그러지 않았다. 자신이 낳은 예쁜 딸을 안았음에도 그늘져 있었다.

영숙의 답답한 마음이 꿈틀거렸다. 학기가 끝나가고 있었다. 추운 날씨였지만 새로운 봄이 올 것만 같았다. 막연한 희망도 생겼다. 아무튼, 졸업식을 떠올리면 우울해지는 기분이 조금씩 걷히고 있었다.

영숙에게는 더 진학할 학교는 없었다. 마음을 일찌감치 접었다. 중학교에 진학하기 위해 집을 떠나려는 생각도 했다. 하지만 불효를 저지르는 것 같았다. 결국, 진학을 포기할 수밖에 없었다. 이를테면 중학교에 진학할 친구들을 부러운 눈으로 쳐다보는 수밖에는 없었다. 그런 생각이 들 때마다 열등감이 생겼다. 자존심이 상했다. 어깨가 축 처지며 저절로 고개가 수그러졌다. 괜히 애먼 손톱을 문질러대며 마음을 다잡았다. 그래도 졸업식에는 가야 한다. 나의 학업의 마지막이니까. 꼭 그래야 한다며 스스로 달랬다.

봄꽃이 여물어 가고 있었다. 영숙은 둔덕에 앉아 턱을 괴고 먼 곳을 바라봤다. 마음 한구석이 구멍이 생긴 듯이 허전했다. 아무리 가슴을 추슬러도 매워지지 않았다.

영숙에게는 막내만 동생으로 남았다. 그간 태어났던 동생들은 모두 하늘나라로 떠났다. 게다가, 아버지가 그토록 바라던 아들은 없었다. 결국, 아버지는 새어머니를 들이기로 작정했다. 오늘이 그날이었다. 서울에서 피난살이 하던 사람이 새어머니가 되는 날이었다. 열 한 살의 예쁜 딸이 있다는 말을 들었다. 동생이 한 명 더 생기는 것이다.

영숙은 고개가 갸웃해졌다. 괜스레 심통이 났다. 홀씨가 하얀 구름처럼 생기는 민들레를 꺾어놓고 '호' 소리를 내며 입술을 오므려 날려 보냈다. 좋아해야 하는 걸까 아니면 슬퍼해야 하는 걸까. 어머니를 제외한 가족들은 모두는 기뻐했다. 동생을 껴안은 어머니는 한쪽 구석에 앉아 말없이 눈물만 흘렸다. 어머니가 처지가 안타까웠다. 어머니의 아픔이 가슴에 와닿는 것만 같았다. 그렇기에 영숙도 덩달아 마음이 어수선해졌다. 마음 둘 곳이 마땅치 않아 무작정 집을 나와 둔덕에 온 것이다.

대문 쪽에서 웅성거리는 소리가 들려왔다. 영숙은 치맛자락을 탁탁 털고 발걸음을 재촉했다. 대문 가까이에 다다르자 웅성거리는 소리가 들뜬 대화로 들려왔다. 잠시 문을 열고 제자리에 서 있었다. 서울에서 왔다는 새어머니가, 어른들과 함께 있었다. 새어머니의 곁에는 키 작은 여자아이가 있었다. 영숙은 예쁜 자그마한 아이를 바라보며 아버지로부터 전해 들었던 새 여동생으로 느껴졌다. 어머니는 그 자리에 없었다. 새어머니는 하얀 피부에 예쁜 얼굴이었다. 멋쟁이이기도 했다. 하지만 왠지 어머니의 모습이 떠오르며 개운하지가 않았다.

'저런 분이 나의 어머니라니! 기쁘지 않다는 건 거짓이겠지. 그런데 서울에서 오신 분이 이 시골생활을 잘하실 수 있으실까? 아, 어머니는?'

영숙은 어머니가 계신 안방으로 달려갔다. 걸음을 옮길 때마다 마루 이음새가 삐걱거렸다. 신경이 거슬렸다. 하지만 영숙은 오직 어머니가 걱정될 뿐이었다. 문고리를 살짝 잡아당겨 방안을 살폈다. 어머니가 어린 동생을 끌어안고 울고 있었다. 영숙은 방으로 들어가 위로하고 싶었다. 하지만 어떻게 해야 좋을지 떠오르지 않았다. 영숙은 어머니의 아픔을 알 것 같기도 하고 모르는 것 같기도 했다.

"애 영숙아 뭐하니! 이리 좀 와보렴!"

영숙은 할머니의 말씀에 비밀을 들킨 듯 화들짝 놀라며 뛰어갔다. 아버지가 헐레벌떡 뛰어오는 영숙을 보며 기분 좋게 웃으셨다. 아버지 앞에 새어머니와 새 여동생이 서 있었다.

"인사하렴, 영숙아. 앞으로 새로운 어머니가 되어주실 분이다."

"안녕하세요."

새어머니는 영숙의 멋쩍은 인사에 고개를 가볍게 숙이며 웃어 주었다. 영숙은 새어머니의 반응에 어찌할 바를 몰라 얼버무리는데 새어머니의 손을 꼭 붙잡고 있던 새 여동생이 불안한 눈빛으로 영숙을 쳐다보고 있었다. 영숙은 왠지 가슴이 뭉클해졌다. 영숙은 그거면 됐다고 생각했다. 그거면 됐다고.

"우리 세 사람이 이렇게 만난 것도 인연인데 힘들더라도 서로 이해하고 의지하면서 잘살아보세."

아버지 말씀에 두 어머니는 아무런 말이 없었다. 영숙은 괜히 답답한 마음이 들고 눈치가 보였다. 함께 둘러앉은 가족들 사이로 무거운 침묵이 흐르고 있었다. 어른들은 서로 고개를 숙여놓고 시선을 회피하고 있었다. 어색하기 짝이 없는 모습이었다. 그때 방긋방긋 웃는 웃음소리가 들려왔다. 어머니의 품에 안긴 어린 동생이 어른들을 둘러보며 웃는 해맑은 웃음소리였다. 무거운 분위기 사이로 웃음이 번지고 있었다.

새봄이 찾아 왔다. 새어머니는 그리도 바라던 아들을 낳았다. 영숙은 예쁜 남동생을 보며 이제 다 되었다고 생각했다. 가족들이 지고 있던 짐을 내려놓을 수 있게 되었다고.

이렇게 영숙의 어린 시간은 지나가고 있었다.

벙어리 삼 년, 귀머거리 삼 년, 장님 삼 년. 영숙의 아버지가 영숙에게 일러준 것이었다. 영숙은 마당에 차려진 초례상을 보고 나서야 다른 집의 며느리가 된다는 걸 실감할 수 있었다. 계속해서 내리는 비는 정오가 될 때까지 멈추지 않았다. 영숙의 눈에서 흐르는 눈물도, 멈추지 않았다. 시집을 간다고 좋은 것도 슬픈 것도 아닌데 영숙의 마음은 괜찮아질 줄을 몰랐다. 열두 시가 되어서야 혼례가 시작되었다. 사람들은 새신랑을 놀리고 웃어대느라 바빴다. 영숙은 몸가짐을 조심하려 노력했다. 꽃가마를 타고 갈 때는 또 어찌나 눈물이 나는지. 겨우겨우 눈물을 참고 새신랑과 함께 혼례를 무사히 마쳤다.

새색시가 된 영숙은 신경 쓸 것이 많았다. 다른 집안 분위기에 낯선 것들은 하나둘이 아니었다. 어려움도 많고 힘이 들었다. 생활하는 모습이 물론 달라 그러는 것이지만 무엇보다도, 며느리의 입장이 얼마나 서러운 것인지 몸으로 깨달아갔다. 아침 일찍 일어나 식사 준비하는 것부터 시작하여 청소, 빨래, 바느질, 저녁 식사 준비와 설거지를 끝내고 나서야 겨우 잠자리에 들 수가 있었다. 그 모든 것이 모두 영숙의 몫이었다. 영숙은 밤에 누워 이불을 턱까지 끌어당기며 어머니와 함께 나누던 즐거운 담소들, 동생들과 함께 갔던 야산 산책, 밤마다 할머니께 들려 드리던 재미있는 이야기들을 떠올리곤 했다.

그때 참 즐거웠던 때였다. 며느리가 된 지금에 비하면 정말 따뜻하고 행복했던 때였다.

'아. 또. 안 돼, 참아야지. 어른들에게 자꾸 눈에 띄면 어머니와 할머니가 걱정하실 거야.'

그렇게 생각하면서도 밤이 되어 자리에 누우면 영숙의 눈에서는 조그마한 눈물방울들이 볼을 타고 흘러내렸다. 거기에 친정어머니가 어린 여동생 하나를 데리고 혼자 계실 것을 생각하면 더욱 마음이 미어졌다.

영숙은 집안일뿐이 아니라 농사일도 거들어야 했다. 가족들의 일손이 부족했기에 영숙은 쉴 틈 없었다. 온종일 일에 파묻혀있었다. 조금도 본인의 처지를 한탄할 새조차도 없었다. 태기가 있어 몸이 무거워져도 마찬가지였다. 영숙의 시어머니는 너무 깔끔한 사람이었다. 일이 바빠 대충 설거지를 해놓으면 시어머니가 구태여 설거지를 다시 해놓았고, 솥뚜껑도 대충 닦고 나오면 다시 들어가 어김없이 깨끗하게 닦아 놓았다. 깨끗하다 못해 지나가는 사람의 얼굴이 비칠 정도가 되어야 성에 차는 정도였다. 영숙이 아이를 가졌을 때도 마찬가지였다. 일을 너무 많이 해 친정에 가서 쉴 때도 시어머니가 영숙에게 건넨 말은 차갑기 짝이 없었다.

"몸이 아프면 집에서 누워 있지? 친정에 와서 누워 있으면 더 나으냐? 태기인지 알지도 못하는데 여기 와서 누워 있으면 소문이 나지 않느냐? 시집온 지 얼마 되지도 않은 새댁이 창피하지도 않냐?"

영숙은 자신의 신세를 한탄했다. 아니, 여자로 태어난 것을 원망했다. 세상을 원망했다. 그저 눈물만 뚝뚝 흘리며 이 억울한 시간, 이 모진 시간이 재빨리 지나가기를 바랐을 뿐이다. 영숙이 아이를 낳던 날도 마찬가지였다. 묵직한 고통이 배를 짓누르는 듯해도 영숙은 아무 말 없이 밥상을 차렸다. 이를 악물고 견디다 못 해 하루가 지나고 저녁이 되어서야 방으로 겨우겨우 들어가 아이를 낳은 것이다.

아이는 딸이었다. 어른들은 실망했다. 하지만 영숙은 좀 다르게 생각했다. 자기의 배가 아파 낳은 딸이 그렇게 예뻐 보일 수 없었다.

'어머니가 아이를 낳고 나면 세상이 달라 보인다고 하시더니, 정말이구나! 어쩜 이렇게 예쁠까? 이 작은 얼굴 안에 눈, 코, 입이 다 있다니! 손가락과 발가락도 너무 예쁘구나! 이 좁은 뱃속에서 어떻게 이렇게 예쁘게 자랐을까?'

영숙은 그저 신기했다. 눈에 넣어도 아프지 않은 딸이었다. 그렇기에 자신의 사랑과 정성을 담아 '미옥'이라고 이름 지었다.

하지만 시어른들이 바라고 바라던 아들이 아니었다. 그렇기에 시어른들의 시큰둥하고 찬바람이 도는 말을 견뎌내야 했다. 영숙의 할아버지가 돌아가셨다. 영숙은 경황이 없었다. 그런데 슬퍼할 겨를도 없었다. 할 일은 줄어들지 않았다. 농부의 아내가 되어 봄이면 논밭을 갈아야 했고 어쩌다 비가 오는 날이면 새끼줄을 꼬아야 했다. 그러는 새에 영숙은 두 번째 태기가 들었다.

"미옥 어메! 춘노 어메는 아들 낳았다고 하네. 맏동서가 미역 빨러 와 얘기를 하네그려. 미옥이 어메도 맛있는 것 많이 먹고 기운을 내서 오늘 밤에라도 아들을 쑥 낳아야지?"

마을의 할머니가 냇가에서 파를 씻어 오며 영숙에게 한 말이다. 영숙은 첫째 딸인 미옥이가 예쁜데도 어른들이 잘 알아주지 않는 것이 속상했다. 그저 아들, 아들, 아들. 하지만 내색하지 않았다. 아무 말 없이 그저 살짝 웃어 주고 말았다. 그러나 시어머니의 참견이 영숙의 가슴을 후벼 파고 있었다.

"그러면 얼마나 좋겠습니까? 아들을 아무나 낳나요? 복 많은 놈이나 아들을 낳지!"

그 말을 들은 영숙은 하루 내내 마음이 찜찜했다.

'그동안 내가 얼마나 열심히 일했는데. 게다가 우리 미옥이도 정말 예쁘지 않은가? 어머니도 아들을 원하시는구나. 이번에 든 태기가 아들이어야 할 텐데. 아. 나는 며느리가 생긴다면 정말 이렇게 상처 주지 않고 잘 대해 줄

귀래일기

거야.'

　영숙은 마음을 곱씹으며 치맛자락을 양손으로 가볍게 움켜쥐었다. 영숙은 아이를 위해 좋은 것만 듣고 좋은 것만 보려 노력했다. 하지만 영숙의 노력을 알아주는 이는 어디에도 없었다. 영숙은 또다시 세상을 원망하고 싶었다. 하지만 뱃속 아이를 위해 꾹 참았다. 얼마간 시간이 지난 후. 어른들이 속을 태우고 영숙이 그토록 바랬기 때문일까. 해산하는 날. 계속되는 진통이 멈추고 아이가 나오자 '난 살았구나'하는 생각을 하기 바쁜 영숙의 귀에 들린 것은 반가운 소식이었다.

　"이놈 좀 봐라. 아들이구나. 고추야!"

　시어른들의 기뻐하는 목소리가 아스라이 들려왔다. 영숙은 저절로 안도의 숨이 내쉬어졌다. 아들을 낳기 위해 그동안의 고생, 어른들의 모진 말들이 한꺼번에 보상받은 느낌이었다. 그제야 영숙은 마음을 놓았다. 그 뒤로 영숙은 다시 한번 딸을 낳았다. 시어른들은 영숙 앞에서 친정어머니를 닮아 영숙이 듣는 앞에서 계속 딸만 낳는

다며 불만을 터트렸다. 하지만 영숙은 아랑곳하지 않았다. 일이 너무 바빠 막내딸을 제대로 돌보아 주지는 못해도 영숙의 마음 한구석은 따뜻한 햇볕으로 가득했다.

아이들을 생각하면 무엇이라도 할 수 있을 것 같았다.

'아. 벌써 결혼을 한 지 십 년이 흘렀구나. 내가 쓴 일기장의 권수도 이렇게 많아졌네.'

영숙은 괜스레 탁자에 엎드려 옆에 쌓아둔 일기장 권수를 세 보았다. 참 많았다. 생각했던 것보다 많았다. 결혼생활을 하며 힘든 일을 견디고 이겨내 보려고 쓰기 시작한 일기였다. 이렇게 많아지다니. 영숙은 자신도 모르게 뿌듯한 마음이 생겼다.

영숙의 친정은 서울로 이사했다. 어린 영숙의 동생을 공부시키기 위해서였다. 솔직히 영숙은 서운한 마음보다도 후련한 마음이 더 컸다. 그동안 친정의 일손이 부족하면 영숙은 그때마다 달려갈 수밖에 없었다. 그러면서도 집안일을 소홀히 할 수가 없었다. 몸이 두 개라도 모자랐다. 친정은 영숙의 집이나 다름없었기에 친정의 이사로 마음이 편해졌다.

하지만 마냥 기쁘지만은 않았다. 당연히 어머니와 어린 동생이 보고 싶었다. 하지만 영숙은 그러려니 한숨을 내쉬고 일기장을 덮었다. 농촌에서 해야 할 일은 너무나도 많았기 때문이다.

'얼른 농사를 지어야겠다. 그래야 어머니도 보고 동생도 보고. 친정집을 갈 수 있지.'

영숙은 괜스레 일기장의 표지를 쓸어내리며 마음을 다잡았다.

그러나 마음처럼 농사는 금방 끝나지 않았다. 자고 일어나면 영숙을 가장 먼저 반기는 것은 해야 할 일들이었다. 비가 오는 날에도 쉬지 못하고 우비를 쓰고 일을 했다. 영숙의 바람이 이루어진 것일까. 농사가 끝나갈 무렵이었다, 아버지의 생신을 쇠러 서울에 갈 수 있게 되었다.

영숙은 오랜만에 만나게 된 가족들이 반갑고 기뻤다. 동생의 공부가 힘들지는 않은지, 부모님은 건강하신지 유심히 살폈다.

'열심히 공부하고 있었구나. 나도 진학을 하고 싶었는데. 하지만 나에겐 자식들이 있으니까. 그 애들이 나를 대신해 열심히 공부할 수 있도록 내가 노력해야지. 그래, 조금 더 열심히 일해서 자식들을 공부시키러 서울로 올려보내야겠다.'

영숙은 그리 작정하고 할머니를 보았다. 그런데 영숙은 할머니를 보자마자 망치로 뒤통수를 얻어맞은 듯 머리가 멍해졌다. 아득해지는 정신을 붙잡았다. 영숙은 엄마의 거칠어진 손으로 할머니의 주름지고 가냘픈 손을 꼭 쥐어 보았다. 할머니가 야위어 있었다.

"너와 어린것들이 얼마나 보고 싶었는지 아느냐? 좀 왔다 가지."

할머니의 주름진 얼굴에 활짝 피어난 미소가 영숙의 마음을 더 아프게 했다. 영숙은 무거워지는 마음을 내리

누르며 고개를 끄덕였다. 할머니는 서울 생활은 익숙하지 못한 것 같았다. 영숙은 그날 밤 할머니가 신경 쓰여 옛날에도 그랬던 것처럼 재미난 이야기로 할머니와 함께 밤을 지새웠다.

그다음 날 할머니는 자리에서 일어나지 못했다. 갑작스러운 일이었다. 한약을 달여 먹어도 계속 끙끙 앓기만 했다. 영숙의 마음도 할머니처럼 앓는 것 같았다. 할머니는 몸이 아파 고통스러워하면서도 애써 자리에서 일어났다. 자신의 치마 속 주머니에서 무언가를 꺼내더니 영숙의 손을 잡아당겨 쥐여주었다. 돈이었다.

"내가 시골에 가게 되면 너랑 어린 것들 과자 사다 주려고 한 건데 이제는 못 갈 것 같아서 주는 거다. 사양 말고 받아라. 할머니 마지막 소원이니."

할머니의 얼굴에 핀 미소는 밝지가 않았다. 미소가 점점 바래져 가고 있었고 영숙의 마음은 길을 잃은 아이처럼 불안했다. 할머니가 가장 사랑하던 이 손녀딸은 흐르는 눈물을 참지 못하고 결국 입을 열었다.

"할머니 무슨 말씀이세요. 꼭 오셔서 더 맛있는 거 사주셔야 해요. 약 잘 드시면 꼭 그럴 수 있을 거예요."

영숙은 고향으로 돌아갔다. 하지만 할머니를 위해 긴 편지를 보내는 것밖에 할 수 있는 것은 없었다. 영숙의 일기장에는 점점, 할머니에 대한 걱정과 애틋한 사랑이 담긴 글이 많아졌다.

얼마 후 영숙은 일기장 앞에서 충혈된 눈으로 아무것도 쓰지 못했다. 맥없이 얇은 일기장 종이를 팔랑팔랑 넘기기만 했다. 밭에 거름을 내고 고랑을 내며 일할 때 편지가 날아왔다.

할머니가 돌아가셨다는 전보였다.

'그래도 써야 해.' 영숙은 슬픈 마음을 연필로 꾹꾹 눌러 담으며 일기장에 한 자 한 자 채워나가기 시작했다. 결국, 울음을 터뜨리고 말았지만 일기 쓰는 일을 멈추지 않았다.

그것만이, 쓰는 것만이, 써서 남기는 것만이 할머니를 기억할 수 있는, 애도할 방법이라고 생각하고 쓰고 또 썼다.

　순조롭게 막내아들을 낳은 영숙은 '어머니'라는 단어의 무게감을 기꺼이 짊어져야 한다고 생각했다. 아이를 더 낳을 마음은 딱히 들지 않았다. 아들 둘, 딸 둘, 네 아이의 어머니가 된 지금, 영숙은 누구보다 행복했다. 영숙의 일기장에도 아이들의 커가는 내용이 언제나 담겨 있었다. 일이 너무 바빠 아이들을 제대로 뒷바라지해 주지 못했다. 하지만 어머니인 영숙의 눈에 자식들의 재롱이 예쁘게만 보였다.
　때로는 남편에게 일기장의 내용을 보여주며 자식들의 재롱을 되새기곤 했다. 남편은 영숙이 일기를 쓰는 것을 두고 무어라 하지 않았다. 오히려 매일 힘들게 일을 하는데도 하루도 빠짐없이 일기를 쓰는 아내가 대단하다고 생각했다. 거기에, 하루 동안 자식들이 어떻게 지냈는지 기록해 보여주니 자식에 대한 사랑이 점점 더 애틋해져

가고 있었다.

"하여간 당신도 대단해. 어떻게 이렇게 일기를 쓸 생각을 했담? 거기다 하루도 빠지지 않고 썼지. 아이구 그런데 오늘 동준이가 이렇게 재롱을 부렸단 말이야? 당신한테만? 말도 제대로 못 하는 애가 노래를 흉내 내기도 하다니. 제법인데? 역시 내 자식이란 말이지. 아니 그런데, 이 아비한테도 보여줘야지 어미한테만 보여주면 돼냐 이놈아!"

영숙의 남편은 그렇게 말하면서도 기분 좋게 웃었다.

하지만 언제나 즐거운 일만 일어나는 건 아니었다. 영숙은 이제 형편이 제법 나아졌다고 생각했다. 한숨 돌려도 될 것 같다고. 풍년이 잘 들어 다행이었고 곡식도 금방 쌓였다. 그러자 남편은 이제 새로운 생활을 꿈꿔도 좋겠다고 생각했다. 그것은 영숙도 마찬가지였다. 집터도 사고 새로 집도 짓고. 영숙은 계획을 세우는 것만으로도 큰 기쁨이라 여겼다. 작은아버지를 통해 큰맘 먹고 아이들과 함께할 미래를 위해 투자를 했다.

하지만 사기를 당하고 말았다. 작은아버지의 친구분이 주선한 일이었는데 일 년이 지나도록 연락이 오지 않은 것이다. 작은아버지는 영숙의 닦달에 친구가 흔적도 없이 사라졌다는 사실을 얘기하기에 이르렀다.

"이를 어쩌니. 너에게 미안하다는 말뿐이구나. 나도 그 사람이 이렇게 배신할 줄은 몰랐는데. 못 믿을게 사람이라지 만 그 친구는 그럴 사람이 아니었는데. 그렇게 자취를 감춰버리다니."

영숙은 털썩 주저앉아 울부짖었다. 작은아버지를 다그치고 원망해 보았지만 결국 해결되는 건 없었다. 거기다 외사촌에게 빌려주었던 돈도 받지 못한 채 외사촌마저도 조용히 사라지고 말았다. 그즈음 영숙은 일기장에 무엇을 써야 좋을지 갈피를 잡지 못했다. 사람이라는 게 이토록 믿을 수 없는 것이었다니! 영숙은 세상을 좋게만 바라보던 자신이 한심했다.

'하지만 이대로 넘어질 순 없어. 아니, 이미 넘어졌으니 다시 일어나야 해.'

그건, 영숙의 곁에 잠들어 있는 아이들의 모습을 다짐했다. 영숙은 어떻게 해서든지 다시 일어서야 한다고 생각했다. 이럴수록 더 열심히 살아야 한다고. 영숙은 지칠 대로 지쳐버린 마음을 다시 다잡고 연필을 깎아 천천히 일기장을 넘겼다. 더 열심히 살아야 한다. 아니, 더 열심히 살 것이다.

'그 어떤 두려움도 모두 견딜 수 있다. 내 자식들을 위해서라면.'

영숙은 꾹꾹 굳은 다짐을 눌러 쓰고 일기장을 덮었다. 여전히 미래가 두렵긴 했지만 쓰고 나니 훨씬 용기가 생기는 것 같았다. 나는 잘 살아 낼 것이다. 나는 이겨낼 것이다. 아이들을 위해. 일기장을 덮고 나서도 네 아이의 어머니는 몇 번이나 다짐하고 다짐했다. 이대로 꺾이지 않겠노라고.

한가한 날의 오후. 바쁜 일도 없는데 요란한 전화벨 소리에 영숙이 얼른 수화기를 들었다.

"여보세요?"

"엄마, 저에요."

아침에 출근한 큰딸의 전화였다.

"그래, 무슨 일이냐."

"엄마, 어제 신문에 엄마가 나왔어요. 그것도 원주 화제의 인물에 끼어서 말이에요. 저도 몰랐는데 과장님이 신문을 들고 오셔서 김 여사 어머님 성함이 무엇이지 하시더라구요. 그래서 제가 왜요? 하고, 최자 영자 숙자 신 데요 하니까 '그렇지 김 여사 이것 좀 봐 어머니께서 여기 이 신문에 나셨어.' 하잖아요. 엄마 제가 이 신문을 퇴근할 때 가지고 갈게요."

딸은 그 말을 끝으로 전화를 끊었다. 수화기를 내려놓은 영숙은 의아했다.

'요즈음은 누구하고도 인터뷰 한 적도 없는데 무슨 신문에 기사가 나왔다고? 모를 일이네. 무슨 일로 기사가 났지?'

궁금하기 짝이 없었다. 그러나 딸이 돌아오기 전에는 알 수 없는 노릇이었다. 저녁이 다 되어 시청에서 퇴근한 딸이 집에 돌아와 신문을 건네줬다. 원주 투데이였다. 앞면에 커다란 활자로 원주의 화제의 인물 중에 선정한 여덟 사람이라고 하고 사진과 함께 커다랗게 두 번째 칸에 나와 있었다.

'48년 동안 매일 일기 써 화제 100여 권이 넘는 일기장을 가지고 있는 최영숙씨(63) 15살이 되던 1953년경부터 단 하루도 빠지지 않고 쓴 일기장은 이제 작은 역사에 기록이 됐다. 갱지에서부터 중성지까지 일반인이 사용했던 종이의 변천사를 알 수 있으며 마을에서 벌어진 크고 작일도 꼼꼼하게 적어놓았다. 최 씨가 일기를 쓰게 된 것은 초등학교 때 줄곧 일등만 차지할 정도로 공부를 잘 했음에도 불구하고 가정형편이 어려워 중학교 진학을 못 하게 되면서부터다. 평생 글을 못 쓰게 될지도 모른다는 걱정에 연필을 잡기 시작했고 힘든 농사일로 인해 피곤해서 쓰러져 잠들어도 새벽에 일어나 전날의 일기만은 꼭 쓰고 잤을 정도다. 하루의 일과를 그대로 적다 보니 올바르게 살기 위해 노력하게 된다는 것이 최 씨가 일기를 쓰는 진짜 이유다. 중고등학교만 다녔어도 문학을 했을 것이라고 아쉬워하는 최 씨는 힘이 없어 글씨를 못 쓰는 날까지 일기를 쓸 것이라고 한다.'

영숙은 신문기사를 읽고 나니 마음이 이상해졌다. 그 옛날 어릴 적부터 아무 생각 없이 연필을 놓지 않으려 썼던 것이고 상식적으로는 아는 것이 없어 별로 쓸 것이 없으니까 이렇게 하루 생활을 낱낱이 기록했던 것이 지금에 와서 화제의 인물이 되리라고 어떻게 생각할 수 있었겠는가. 영숙은 오히려 스스로 삶이 너무 평범하고 보잘 것없다고 생각하여 남에게 알려지는 것이 두려웠었다. 하지만 우연히 남이 알게 되어 모 신문의 기사가 되었다. 평범하다고 생각했던 스스로 인생에 빛이 발하는 순간이었다. 신문사 기자가 방문했을 때에는 주기적으로 썼을 거라고 여기며 일기장을 하나하나 들추어 보다가 하루도 빼놓지 않고 썼다는 사실이 드러나자 기자가 감탄했던 일이 기억났다. 그 뒤로 문화방송국 PD가 그 신문을 보았다며 찾아와 방송 출연을 부탁하는 일도 있었다. 영숙은 부끄러워 사양하다 또 자신에게 호의를 베푸는 이들에게 마냥 거절하는 건 아닌 것 같아 촬영에 응했다. 결국, 영서 한마당에 출연하더니 그다음에는 KBS방송국에서 찾아와 6시 내고향에도 출현했다. 영숙은 자신의 보잘것없는 삶이 공개되는 것이 부끄러웠다. 하지만 많은 사람은 영숙의 삶을 대단하다고 생각하고 있었다.

나중에는 원주 상지대학교 경제학 교수님과 여성학 교수님이 찾아와 일기장을 보자고 했다. 영숙은 부끄러움을 무릅쓰고 보여드렸고 교수들은 일기장을 모두 가져가 100여 권이나 되는 것을 모두 복사해 년도 별 날짜별로 정확하게 책으로 만들어 영숙에게 주고 상지대학 도서실에 일부를 간직하고 있다고 말했다. 영숙의 일기가 한국 현대생활사 연구에 중요한 자료가 될 것이라 말했고, 평론 원주라는 책자에 실어 책도 몇 권 전해주고 갔다.

한편에 쌓여 있는 일기장들을 보았다. 정말이지, 백여 권이 넘는 일기장이었다. 이 많은 걸 그동안 어떻게 썼을까 생각해보니 그저 성실함 하나뿐이었다. 한 우물을 열심히 판 것뿐인데 발견하게 된 결실은 작으면서도 소중한, 가치가 있는 것이었다. 영숙은 자신이 쓴 일기가 부끄럽지만은 않은 것으로 생각했다. 인생에 스스로 자신감도 생겼다. 한 가지에 몰두하며 살다 보니 별 것 아닌 것에도 행복감을 느끼게 되는 날이 오고 만 것이다.

영숙은 다시 일기장을 폈다. 글을 쓴다는 게 무엇인지 이제 영숙은 알 것 같았다. 끊임없이 스스로 돌아보는 일. 그렇기에 스스로 부끄러움까지 똑바로 직시해야 하는 일. 그것은, 용기가 필요한 일이었다. 영숙이 지금까지 살아온 길은 용기 없이 불가능한 길이었다. 모두의 인생이 그렇듯, 영숙에게도 용기를 내기란 쉽지 않았다. 하지만 성실하게, 꾸준하게 지금 하는 것을 했다. 내일도, 그다음 날도, 그다음 날에도. 영숙이 일기를 쓰며 알게 된 것은 그런 것들이다. 우직하게 자신의 인생을 걸어가면 조금 더 담대할 수 있다는 것, 그리고 그 길의 끝에는 스스로 칭찬을 할 수 있는 조금의 여유가 생기게 된다는 것.

차가운 바람이 불었다. 문밖에는 해가 져버린 까만 하늘 위로 초승달이 걸려있었다. 하지만 집은 따뜻한 온기가 감돌고 있었다. 가족들은 모두 고요히 잠들고 한 사람만이 깨어 있었다. 방 안에는 어렸을 때부터 늘 그래왔던 것처럼, 불을 밝히고 우직하게 일기를 쓰고 있는 늙은 여인 영숙이, 아니 인간 최영숙이 있었다.

모니터 화면을 끈 박현식 박사는 잠시 앉아 먼 곳을 바라보았다. 그녀의 삶을 이렇게 다시 돌이켜 보는 일이란 생각만큼 쉽지 않았다. 글이라는 것은 손에 잡힐 듯 잡히지 않는 것이었다. 아마 최영숙 여사가 일기를 쓰며 가졌던 생각도 비슷한 것이었을 테다. 그러나 썼다. 그녀는 어떤 상황 속에서도 일기를 거르지 않고 매일, 꾸준히 썼다. 평범한 시골 아낙이었던 그녀는 모두에게 인정받았다. 그리고 국가기록원에 그녀의 자료가 보존되었다.

그녀가 걸어온 다사다난한 삶이 눈에 보이는 것 같았다. 나였다면 그렇게 매번 참으며 살 수 있었을까. 더 큰 세상을 꿈꾸면서도 한결같이 우직하게 한 우물만 팔 수 있었을까. 최영숙 여사의 삶은 마땅히 존경받을 만한 것이었다. 그녀의 일기는 평범한 사람이 주인공이기에 위대한 사람의 이야기였다.

눈을 감자 아스라이 저 먼 곳에서 희미하게 흔들리는 불 속에서 어린 영숙이 일기를 쓰는 모습이 보인다. 잠든 가족 옆에서 열심히 한 글자 한 글자 종이에 꾹꾹 눌러 쓰고 있는 영숙의 모습이. 박사는 살짝 미소지었다. 그 여리면서도 우직한 뒷모습이 누구인지 말하지 않아도 알 것 같았다. 박사는 오래도록 마음먹어 온 것처럼, 열다섯 살의 그녀의 뒷모습에 대고 말했다. 아주 간절하게, 가장 평범한 이름, 하지만 그렇기에 가장 위대한 이름을.

"최영숙 씨!"

깨달음의 길

1827(정해)년 4월 16일 화창한 날에 경주 동촌 황오리에서 아버지 최종수와 어머니 월성 배씨 사이에 외아들로 최시형은 태어났다. 이름은 경상이다. 1831(신묘)년 5살 때 어머니 배씨의 상을 당했다. 1838(무술)년 12세 때에는 부친이 세상을 떠나니, 어린 나이에 자기 몸 하나를 의탁할 곳이 없는 천애 고아가 되었다.

1833(계사)년 7세의 어린 나이에 엽전 30꾸러미를 등에 짊어지고 70리(14Km)의 길을 걸었으니, 기운이 장사라 세상 사람들이 모두 놀랐다. 점점 자라면서 기력과 체질이 장건하고 골격이 준수하여 출중하였으며, 성격

도 착하여서 장차 큰 인물이 될 것이라고 주위에서 칭찬하였다. 그런데 부모가 모두 일찍 돌아가셨으니 앞날이 막막하였으며, 하는 수 없이 친척 집에 의지하여 디딜방아도 찧어주고, 소에 먹이 꼴을 베어오고, 잔심부름을 도맡아 하는 천더기 신세가 되어, 부모 없는 고아의 서러운 눈물을 남몰래 삼키며 살았다. 1841(신축)년, 나이가 이미 15세가 되었으니 이제는 독립하여 살아갈 것을 결심하고 제지 공장에 취직하여 열심히 일하며 기술을 익혔다. 친척 집에서 모든 일을 하며 밥을 얻어먹고 있었지만, 이것이 친척 집에 의지하고 신세를 지는 것처럼 생각되며, 어디 가서 무슨 일을 하더라도 밥이야 먹을 수 있지 않겠느냐 하는 생각에서 아저씨 되는 분께 말하고 나왔다.

울산 부근에는 산에 닥나무가 많았으므로, 이를 베어 껍질을 벗겨 절구통에 곱게 찧는 일, 이를 널빤지에 말리는 일 등 노동하는 일이다.

1843(계묘)년, 17세가 되던 해에 제지소를 따로 마련하고 장지를 만들어 팔게 되었다. 제지소라고 하지만, 특별한 기계나 기구가 필요한 것이 아니고, 부지런히 일하며 차츰 널빤지만 많이 마련하여 종이를 만들어 직접 판매하니, 수입도 직공 살이 때보다 훨씬 많아졌다. 경상은 천성이 착하고 부지런하며, 얼굴이 거룩하게 생겨 늠름한 대장부였으니 그를 아는 모든 사람은 참으로 훌륭한, 남의 모범이 될 청년이라고 칭찬하지 않는 사람이 없었다. 이때 경주부중에 오씨 성을 가진 여인이 있었는데, 일찍 과부가 되었으며 재산이 많고 소생이 없고 가까운 친척도 없이 홀로 살고 있었다. 남녀 하인들만 거느리고 있으니, 재산 관리도 걱정이 되며 마음이 불안하여 "적당한 사람에게 재혼하여야겠다." 하고 생각하였다. 이때 경상의 소문을 들었다. 사람됨이 착실하고 거짓말도 할 줄 모르며 진실하며 모범 청년이라고 세상 사람들이 칭찬한다니, 이런 청년과 재혼하면 재산 관리도 잘할 것이고 평생을 행복하게 잘 살 것 같았다. 오씨 부인을 매파를

보내어 청혼하였다. 오씨 여인의 생각에는 경상이 모범 청년이기는 하나 가세가 빈곤하므로 청혼에 쉽게 응낙할 것으로 알았다. 경상은 매파의 모두 듣고 "나는 남의 덕으로 말미암아 졸부가 되고자 하여 결혼하는 것은 바라지 않습니다. 그러므로 댁에 돌아가 오씨 여인에게 잘 말씀하셔서 오해나 섭섭함이 조금도 없도록 하시기 바랍니다." 경상은 이렇게 청혼을 거절하였으나 이때 오씨 여인의 청혼을 받아들였다면 호의호식하며 평생을 평안하게 평범한 생활을 했을지도 모른다. 1845(을사)년 19세 되던 해에 손씨 문중에서 부인을 맞이하였다. 그리하여 딸까지 낳고 행복한 가정을 이루며 나날을 보내고, 일도 더욱 열심히 하여 땅도 몇 마지기 장만하였다. 1854(갑인)년, 28세 때에 경주 승광면 마복동으로 이사하였다. 이사한 후에도 내외간에 더욱 부지런히 일하고, 거짓말도 할 줄 모르며 착하기 때문에 인근 사람으로부터 존경을 받았다. 1855(을묘)년에 다시 검곡동으로 이사하였다. 이곳은 인심과 풍속이 순후하고 산수가 수려하기 때문에 이사한 것이다. 맹자의 어머니가 맹자를 교육 시키기 위하여 환경이 좋은 곳을 찾아 세 번 이사한 것과 같은 이치이다. 경상은 성품이 공평 정직하고 남달리 인정이 많아, 불쌍한 사람을 보면 도와주고 옳지 못한 일을 보면 그대로 보아 넘기지 못하여 시비를 가려주며, 억울한 일을 당한 사람이 있으면 앞장서서 이를 풀어주니 그의 덕망이 이 지방 사람들의 추앙을 받게 되었다. 경상은 덕망이 높으니 지방 사람들의 신임을 받아 마침내 지금의 면장과 같은 풍강의 자리에 추대 되어 6년 동안 일을 잘 처리하였으며 모든 사람들은 풍강의 말에 잘 따랐다. 풍강 자리는 동학에 입도하였을 때 두 가지 일을 볼 수 없었기 때문에 내놓았으니 지방 사람들은 모두 섭섭해 했으며, 송덕비를 세워 기념하게 되었다.

1861(신유)년 6월에 들으니, 구미산 용담정에서 수운 최제우 선생이 작년 경신년 4월 초닷샛날에 동학의 무극대도를 받아 이를 세상 사람들에게 가르치기 위해

도량을 개설하였다.

　도를 천도 덕은 천덕 학은 동학이라고 한다는 말을 들었다. 이때 서양 세력이 우리나라에 들어오고 동양의 이웃나라도 우리나라를 깔보고 넘나드는 때인데 동학이라는 말에 이끌려 입도하기로 결심했다. 경상은 제지 공장을 경영하였으니 손수 만든 정결한 장지 30권을 잘 포장하여 등에 짊어지고 용담정을 찾아가 기쁜 마음으로 최제우를 만나 뵙고 인사를 드림으로 집지입도 하였다. 도를 닦을 때에는 처음부터 항상 기쁜 마음을 가지고 닦아야 하는 것이다. 시래라 함은 비로소 알고 또는 먼저 알고 찾았다는 뜻이며 집지는 제자가 스승을 처음 뵐 때 예패를 가지고 가서 인사를 차리는 것을 말한다, 스승과 제자는 의리로 맺어지는 관계이나, 이 의리는 대단히 중요한 것이므로 '군사부일체'라고 하였다. 경상이 용담정으로 찾아와 동학에 입도 한다고 하니 최제우 선생님께서 입도식을 거행하고 수도하는 법을 가르쳐 주셨다. 경상의 수도하는 태도를 보니 성심이 지극하고 진지하여 큰 그릇됨을 알겠으므로 해월이라는 도호를 내렸다. 해월이라는 도호는 동경대전 화결시에 있는 "사해운 중 월일감이라." 즉 구름속에서 달이 솟으니 한 개의 거울이 되어 온 세상을 밝혀주네. 의 구절에서 해와 월자를 따서 지은 것이다.

해월이 동학에 입도 한 뒤로 밤낮을 가리지 않고 천인일리 높은 진리를 탐구하며 수도에 전념하였는데 벌써 신유년 11월이니, 반년이 되었으나 천어를 듣지 못하였으므로 이는 수도에 정성이 부족한 탓이라고 생각하였다. 그러므로 정신을 더욱 가다듬고 수도하기 위하여 동짓날 추운겨울, 밤이 깊은 후에 연못을 찾아가 얼음을 깨고 목욕을 하는데, 처음에는 그 차가움이 살을 베는 듯하였다. 그러나 그 괴로움을 참고 달포가 지나니 얼음물이 점점 더워졌다. 이것을 동소야욕이라고 한다. 그런데 갑자기 천어가 들려왔다. "목욕재계하기 위하여 찬물에 급히 들어가는 것은 건강을 해치는 것이니 조심하여야 한다." 이 천어를 들은 뒤에 해월 선생은 동소야욕을 중지하였다. 일반 사람들이 수영을 할 때에도 먼저 준비 운동을 하고 몸에 물을 묻히고 물에 들어가 수영하는 것이 일반적인 상식이다. 1862(임술)년 1월, 해월 선생께서 날마다 밤이 깊도록 염천송주하며 수도하실 때, 등잔 기름이 반 종지 뿐인데 21일 동안 밤에 불을 켜고 지냈으나 등잔 기름은 조금도 줄지 않고 똑같았다. 22일째 되는 날에 영덕에 사는 이경중 도인이 등유 한 병을 들고와 여러 가지 이야기를 하고 등잔에 기름을 가득 채우고 돌아갔다. 그런데 그 날 밤에는 등잔에 가득히 채워 넣은 기름이 그 동안과 달리 모두 졸아붙으니, 이제까지 21일 동안 영적이 있었음을 알게 되었다.

임술년 3월 최운우 선생님께서는 전라도 남원에서 경주로 돌아와 서산 박대여 도인의 집에 잠거하여 수도하고 계셨다. 남원의 은적암에 너무 오래 체류하고 있으면 남들의 이목이 집중되어 수상하게 생각할 것이므로 이를 피하기 위함이다. 모든 도인들은 최제운 선생님께서 아직도 남원의 은적암이나 호남에 있는 어느 절 같은 곳에 계신줄로만 알았고, 그래서 아무도 찾아오는 사람이 없었으나 오직 해월이 알고 찾아왔다. 최제우 선생님께서는 반갑게 맞이하시며, 기쁜 마음으로 "내가 이곳에 있는 것을 아는 사람이 별로 없을텐데, 그대는 어떻게 알고 여기를 찾아왔는가?"

해월은 "심령소감으로 자연히 알고 찾아왔습니다."

"이것은 잠거시령이다. 정성과 믿음이 지극하면 심령이 감응하여 앞으로 닥쳐올 여러 가지 일이 한 이치로 돌아가는 것이다."

해월은 지난 동짓달 한천에서 목욕할 때 천어가 있었던 일과 정월에 21일 동안 반 종지의 등잔 기름이 줄지 않았던 일을 말씀드리고, 어찌하여 이런 일이 생기는 것에 대하여 여쭈어 보았다.

"그런 영적은 수도를 독실히 하면 종종 있는 것이며, 영적을 자랑스럽게 생각하고 도통한 것으로 생각하여 자만하면 도를 닦는데 큰 해가 된다. 영적은 도를 이루고 덕을 세우는 과정에 불과하며, 결코 도의 목적이 되지 못한다는 것을 명심하여야 한다. 그대는 수심정기의 수도가 거의 다 이루어졌으니 이제부터는 포덕에 힘써야 한다. 정성이 지극하면 자연히 마음이 밝아지고, 마음이 밝아지면 만사천리에 통달할 수 있는 것이다. 하늘님이 멀리 계신 것이 아니고 모든 사람이 늘 마음속에 모시고 있으니, 천도는 아주 가까운 곳에 있음을 알라. 세상사람들이 푸르고 푸른 허공중천을 하늘님이라고 하니 이는 잘못이고, 하늘님은 나의 마음에 모시고 있음을 깨달아야 한다."

임술년 6월 해월은 포덕에 힘쓰라는 선생님의 명교를 받들어 모든 준비를 만반 갖추어 놓았으나, 막상 포덕의 길에 나서기 위해서는 많은 비용이 필요한데 가난한 처지로 비용을 마련하는 것이 큰 문제였다. 아직 도인의 수효도 얼마 안 되고 신심도 깊지 못한 처지인데, 이 집 저 집을 찾아다니며 침식의 신세를 질 수도 없는 일이다. 여러 가지 생각한 끝에 연일에 사는 친구 김이서 도인을 찾아가서 도움을 청하여 보기로 하였다.

옛날 공자가 천하를 두루 돌아다니시며 도덕을 펼 때 그 비용을 자공이 단독으로 부담하였다는 생각이 펄득 났다. 김이서 도인이 재산가임을 알고 비용의 부담을 청하여 보기로 하였다. 해월은 "김도인, 오늘은 제가 어려운 부탁을 한 가지 드리려고 찾아왔습니다."

김 도인은 해월을 반갑게 맞이하며, 수인사를 했다.

"최 도인께서 하시는 일이란 동학의 무극대도를 위하는 일일터인데, 우리 사이에 무슨 못할 말이 있겠습니까? 아무 염려 마시고 어서 말씀해 보시오."

"다름이 아니라, 선생님께서 저에게 앞으로 포덕에 힘쓰라는 명을 내렸으므로 모든 준비를 갖추어 놓았습니다만, 막상 포덕의 길에 이르자니 많은 비용이 필요하기 때문에 김 도인에게 상의하기 위하여 이렇게 찾아왔습니다."

"저도 그 말씀늘 전해 들었으며, 최 도인께서 도를 깨쳤다는 소문이 자자합니다. 최 도인은 어려운 살림에 무슨 돈이 있겠습니까? 비용은 제가 맡겠으니 어려워 말고 어서 말씀해 보시오."

"포덕을 한 번 시작하면 계속하여야 할 일이나, 쌀 100가마니 정도는 있어야겠는데 좀 과하지 않겠습니까?"

"쌀 100가마니라, 그 정도 가지고 되겠습니까? 그럼 20가마니를 더 보태어 쌀 120가마니의 대금을 어음으로 끊어 드리겠으니 아무 때나 필요한 때 찾아 쓰시도록 하시오."

"김 도인, 정말 고맙습니다. 하늘님께서 기쁜 마음으로 감응하실 것입니다."

"나야 무엇을 아는 것이 있습니까? 최 도인께서 몸소 무극대도를 위하여 수고하시는 데 감사할 따름이며, 나는 조금 가지고 있는 재물을 내놓아 이것으로 사람 노릇을 하자는 것이니, 너무 번거롭게 생각하지 마십시오."

　해월과 김이서 도인은 손을 마주 잡고 서로 상대방의 성의를 치하하며, 무극대도의 장래를 위하여 더욱 포덕과 수도에 힘쓸 것을 다짐하고 아쉬운 작별을 했다. 이때의 포덕을 검악포덕이라고 한다. 이리하여 해월은 포덕의 길에 올라 영해, 영덕, 상주, 흥해, 예천, 청도 등 여러지방을 하루에 10리씩 걸어다니며 강도포덕하니, 소문이 퍼져 사람들의 입에 오르내려, 동학이 세상에 널리 알려지고 많은 사람이 입도하였다.

　해월이 이렇게 포덕하던 어느 날, 밤이 이슥하도록 수도하는데 약 5리 가량 떨어져 있는 마복동 이상춘 도인의 집에 도적이 벽을 뚫고 들어와 훔칠 물건을 찾느라고 두리번거리는 것이 심안으로 보였다. 해월은 괘씸한 생각이 들어 수심정기하고, 마음속으로 "고약한 짓을 하는군."하고 호령하니, 도적은 깜짝 놀라 그대로 도망하였다. 아무 물건에도 손을 대지 못하고 달아난 것이다. 다음날 아침 여러 도인이 찾아왔으므로 어젯밤 마복동 이상춘 도인의 집에 도적이 들어왔음을 심안으로 보았다는 일을 이야기하고, 과히 먼 곳이 아니니 몇 사람이 찾아가서 위로하여 주라고 말했다. 도인 몇 사람이 이상춘 도인의 집으로 찾아가 해월의 말을 살펴본바, 과연 벽에 구멍이 뚫려 있었으며 잃어버린 물건은 없었다고 하므로, 안심하고 해월의 도력에 모두 감탄하였다.

해월이 흥해지방에서 포덕을 할 때 서촌에 사는 당숙댁에서 며칠 머물고 있었다. 어느날 밤 사랑방에서 묵좌 염송하고 있는데 갑자기 종수의 동생인 젊은 부인이 어린 아이를 안고 들어와 울면서 말하였다.

"형부가 일찍 병으로 세상을 떠났는데, 이 아이도 숨이 끊어졌으며 언니도 병이 위독하니 이를 어찌하면 좋겠습니까?"

해월은 심상치 않은 빌미임을 알고 젊은 부인에게 "이제 눈물을 거두고 잠시 동안만 기다리라." 이른 뒤에, 수심정기하여 묵념 기도하였다. 한동안 경건하게 묵념기도를 마친 뒤에 속히 안방에 들어가 보라고 하였다. 젊은 부인이 안에 들어가 보니 환자의 병세가 완연하게 회복되었으며 어린 아이도 숨을 돌려 소생하였다. 집안 사람들이 모두 놀라고 신기하게 생각하며 기뻐서, 무슨 까닭으로 이렇게 되는가를 물으니

"사람이 마음으로써 마음을 상하고 마음으로써 병이 나는 것이니, 마음으로써 마음을 다스리고 마음으로써 병을 낫게 하는 것이다. 태극은 현묘한 이치니 도를 환하게 깨치면 만병통치의 영약이 되는 것이다. 이 이치를 만약 밝게 분별치 못하면 후학들이 깨닫기 어려울것이므로 다시 자세히 설명하며 말한다면, 만약 마음을 다스려서 심화, 기화가 되면 냉수 한 잔이라도 약으로 복용할 수 있는 것이다. 이것을 이심치심이라고 한다. 지금 세상 사람들은 다만 약을 써서 병이 낫는 줄만 알고 마음을 다스려 병이 낫는 것을 알지 못하니, 마음을 다스리지 아니하고 약을 사는 것이 어찌 병을 낫게하는 이치 이치겠는

가? 마음을 다스리지 아니하고 약을 먹는 것은 하늘님을 믿지 않고 약을 먹는 것이다. 하늘님을 지극한 정성으로 믿고 공경하면 빌미니 동티니 하는 따위의 병은 생기지 않는다. 도의 기운이 내 몸에 항상 있으면 세상의 마귀 따위는 범접하지 못한다."

　해월은 더위나 장마도 잊고 각 지방을 이리저리 부지런히 돌아다니며 포덕을 계속하니, 새로 동학에 입도하는 도인의 수가 날마다 부쩍 늘었고 그 이름과 얼굴이 널리 세상에 알려지게 되었다.

　임술년 10월 5일 해월은 각 지방을 순회하며 포덕하다가 검곡동의 본가에 돌아와 머물고 있을 때였다. 오전에 방에서 염천송주를 하고 있는데 밖에서 시끄러운 소리가 요란하게 들리므로 내다보니, 경주관아의 관졸 30여 명이 집을 둘러싸고 쳐들어 오는 것이었다.
　"죄인 최경상은 관명으로 체포하러 왔으니 죄인은 속

히 내려와서 오랏줄을 받아라." 관졸중 한 사람이 크게 소리 질러 말했다.

해월은 이 말을 듣는 순간 관졸들을 보고, 관명이란 거짓말이며 관졸들끼리 결탁하여 무고한 사람을 공갈 협박하여 재물을 갈취하려고 하는 음모임을 간파하였다. 관졸들이 관명이라 사칭하며, 재산이 조금이라도 있는 양민들이면 괴롭혀서 재물을 갈취하는 일이 많았다. 웃사람이 바르지 않으면 아랫사람도 이를 본받아 바르지 않다고 하는데, 우두머리의 관장인 원님이 바르지 못하기 때문이다. 해월은 뜰 아래로 내려서며 생마 한 다발을 들고

"그대들은 무슨 까닭으로 관명을 청탁하며 무고한 양민을 괴롭히려고 하는가? 아무 말 말고 속히 들어가라."

관졸들은 이 말을 듣고 움찔하였으나 여러 사람들이 달려들어 체포하려고 하였다. 해월은 펄쩍 뛰어 순식간에 관졸 30여 명을 생삼 끈으로 꽁꽁 묶어 놓고 꾸짖었

다.

"네 이놈들, 누구를 기만하려고 하는가? 내 그대들의 관명을 청탁하고 부정을 저지르려는 속셈을 낱낱이 알고 있다. 관명을 사칭하고 양민을 괴롭히는 것이 얼마나 큰 죄인가를 그대들은 모른다는 말이냐?"

관졸들은 여러 사람이므로 쉽게 체포할 줄로 알았는데 도리어 그들이 포박되었으니, 겁이 나서 잘못을 고백하며 제발 살려달라고 애원하였다. 해월은 그들을 부드러운 말로 타일러 보냈다. 그 뒤로부터 검곡동에는 큰 장사가 났다는 소문이 퍼졌다. 임술년 12월 29일 동학 천도의 근원이 용담에 있고 검악포덕의 힘에 의하여 날마다 새로 입도하는 도인의 수가 느니 이들을 지도하고 통솔할 조직의 필요성이 생겼다.

그러므로 각 지방에 접소를 설치하고 책임자를 접주라고 하여 선생님이 직접 임명하였다. 이것이 동학에서 지방조직을 만든 시초이나, 이 조직체는 동학의 탄압을 피하기 위하여 다음해 7월에 폐지 되었다.

1863(계해)년 3월, 흥해에서 새로 입도한지 얼마 안 되는 박춘언이라는 사람이 날마다 기도를 하고 주문을 그동안 몇 만 독하였으나 아무런 이적이 일어나지 않고 강령도 되지 않았다. 그러므로 여러 도인들에게 말하기를, 강령이란 실제로 있는 것이 아니라 사람들이 경우에 따라서 짐짓 있는 것처럼 거짓으로 말할 뿐인 것이라 하였다. 섭령최복이라고 하는 말은, 거짓으로 강령이 되었다고 꾸며서 생각하고 말하는 것을, 꺾어서 그렇지 않다고 반론하여 말하는 것이다. 계해년 3월 어느 날 새로 입도한 도인들에게 교리를 강론하고 수도하는 법식을 가르치며 지도하고 있는데, 이 때 박춘언 도인이 "저는 선생님께서 가르쳐 주산대로 주문을 몇 만 독하여도 아직 강령이 되지 않으니 어찌 된 일입니까?"

해월은 골똘이 생각한 뒤에

"내 원치 않는 일지이만 이런 사람을 위해서 강령이 무엇인가를 알 수 있도록 실제로 한 번 보여 주겠다."

"정성이 지극하면 목석이라도 강령이 되는 법인데, 하

물며 사람에게 어찌 강령이 안되겠는가? 자! 내가 하라는 대로 그대는 해 보시오."

박춘언 도인을 앞에 앉힌 다음 그의 손을 잡고 주문을 외었다. 그랬더니 얼마 후 박춘언은 강령이 되어 그만 의관을 벗어던지고 집 안팎을 들락거리며 정신없이 뛰어도는 것이었다. 전신에는 땀을 비오듯이 흘리며,

"제발 그만 강령을 풀어주세요." 하고 애원하므로 해월은 주문을 그치고 심고하여 박춘언의 강령을 풀어주셨다. 박춘언 도인은 그 동안 경솔하여 잘못하였음을 뉘우치고 "용서하여 주세요."하고 사죄하였다.

1863(계해)년 7월 23일 용담정에는 각 지방에서 모인 50여 명의 도인이 있었다. 용담정에 도량을 개설한 뒤로 용담정에는 새로 찾아오는 손님, 자기 집으로 돌아가는 소님이 계속 있었으니, 항상 평균 50여 명의 도인이 머물고 있었다. 선생님께서는 지난 연말에 설치하고 실시한 지방 조직체인 접소를 폐지하도록 이 날 발표를 하셨

다. 접소를 설치하여 이제 7개월이 되었는데 이것을 폐지한 것은 장차 동학에 대한 관의 탄압이 크게 일어날 것을 선생님께서 예견하셨기 때문이다. 유교는 종교라고 하기 보다는 학문과 도덕을 가르치는 동양의 철학이다. 그러므로 이를 잘 배우고 익혀서 실천하며 국리민복에 힘써야 하는데 그렇지 않고 쓸데 없는 공리공론만 일삼으니 부유라는 말이 생긴 것이다. 서양의 강국이나 우리나라를 둘러싸고 있는 이웃나라들도 강국이니, 우리나라를 침략할 구실을 찾기 위하여 항상 날카로운 눈초리로 노려보고 있는데, 조정에서는 국가의 안위나 국리민복은 생각하지 않으며 자기 나라 백성을 때려잡기에 힘을 쓰니, 이것은 나라가 망할 조짐이 아니겠는가? 제세주께서는 최해월 도인에게 북도중주인(北道中主人)으로 특정 임명하였다. 동학의 발상지는 경주이며, 경주는 우리나라의 동남단에 위치한 곳이므로 동학을 발전시키기 위하여 북쪽으로 크게 진출하도록 하신 것이다. 최해월 선생은 앉은 자리에서 벌떡 일어서며 말하였다.

"스승님께서는 어찌하여 소자에게 이렇게 무거운 책임을 맡기시는 것입니까? 소자는 아직 힘이 미치지 못하여 감당하지 못하옵니다."

제세주께서 말씀하셨다.

"이것은 우리 도의 운명이며 하날님의 명령이니 이를 어찌하겠는가? 너무 번거롭게 생각하지 말고 의심하지 말라. 우리 도의 운수는 북쪽에 있음을 명심할 것이며, 나도 또한 이제부터는 북쪽으로 힘을 기울일 것이다."

종교는 국경이 없다고 한다. 그러므로 근래에 외국에서 많은 신흥종교가 들어왔다고 하는데, 그 내용은 화깃르하게 알 수 없다. 그러므로 이제는 우리나라의 훌륭한 동학 무극대도를 발전시켜 외국에까지 널리 알려 펼칠 자긍심(自矜心)은 없는 것인가? 우리나라 사람들이 우리나라의 것은 것은 모두 내버리고 외국의 것만을 좋아한다면 그런 사람은 우리나라의 얼이 빠져나간 사람이다. 우리나라 사람이 근래 외국에 나가 그 나라에 귀하하는 사람도 많다. 하지만 우리 민족은 언제까지라도 우리 민족으로서의 긍지(矜持)를 가지고 살아야 한다.

 계해년 8월 13일, 최해월 북도중주인은 스승님을 모시고 추석명절을 쇠기 위하여 용담정으로 찾아가니 제세주께서 반갑게맞아주셨다. 평소에는 용담정에 항상 많은 사람이 있었으나 추석에는 모두 귀가하여 제세주께서 너무 쓸쓸하실 것으로 생각하였다.
 "추석명절이 멀지 않았는데 집에서 편히 쉬지 않고 그대는 어찌하여 이렇게 찾아 왔는가?"
 제세주께서 이렇게 물으시니, 최해월 북도중주인은 다음과 같이 대답하였다.

 "금년에는 선생님을 모시고 추석명절을 쇠기 위하여 왔나이다."

 제세주께서는, 최해월 북도중주인은 가장 신임하는 제

자이므로 희색이 만연하여 많은 말씀을 나누었다. 그런데 용담정에는 의외로 많은 도인들이 머물고 있었으며, 모두 제세주를 모시고 추석명절을 쇠기 위함이었다. 신심이 굳은 사람의 마음이란 누구나 모두 같은 것임을 알 수 있다.

밤이 깊어 자정을 넘으니, 제세주께서 이제까지 한방에 있던 여러 도인에게 각자의 방으로 가도록 좌우를 물리치고, 한동안 묵념하신 뒤에 최해월 북도중주인을 가까이 오도록 불러 말씀하셨다.

"그대 무릎을 마음대로 해서 편하게 앉아 보아라."

최해월 북도중주인이 이 말씀에 따라 평좌하니, 제세주께서 다시 이어 말씀하셨다.

"그대 마음대로 수족을 움직여 보아라."

그런데 제세주의 이 말씀이 떨어지는 순간 북도중주인은 갑자기 정신이 아찔하여, 말을 하려고 하여도 말이 나오지 않고 수족을 움직이려고 하여도 움직여지지 않아,

꼼짝할 수가 없었다.

제세주께서 다시 물으셨다.

"그대 어찌된 일인가?"
 최해월 북도중주인은 이 말씀을 들은 뒤에 정신이 들어 말을 할 수 있게되고 수족도 움직일 수 있게 되었으나, 도무지 무슨 까닭인가를 알 수 없었다. 그러므로 최해월 북도중주인은 어찌하여 이런 현상이 일어나는가를 제세주께 여쭈어 보았다.
 "이것은 하날님께서 말씀하신, '내 마음이 곧 네 마음과 같다.'고 하는 이치이며, 하날님의 조화인 큰 징험이다. 천지 만물이 오직 하날님을 지기지령(至氣至靈)이라고 하며, 이를 잠시 그대에게 보여준 것 뿐이다.
 앞으로 우리 교문에는 크게 근심과 재난이 있을 것이다. 모든 일을 삼가고 조심하여라. 공리공론(空理空論)만 일삼는 부유(腐儒)의 모함이 있을 것이고 관속들의 행패도 심할 것이다."

8월 15일, 이날은 추석인데 아직 날도 밝기 전인 이른 새벽에 제세주께서 최해월 북도중주인을 다시 가까이 불러 앉히고 동학이 유도(儒道)·불도(佛道)·선도(仙道)의 3도를 겸한 이치에 대하여 말씀하셨다.

"투필성자(投筆成字)하고 개구창운(開口唱韻)하며 용제우양(用祭牛羊)하니 이는 유도(儒道)이다. 정결도량(淨潔道場)하고 수집염주(手執念珠)하며 두착백수(頭着白袖)하고 백미인등(白米引燈)하니 이는 불도(佛道)이다. 용모환태(容貌幻態)하고 의관복색(衣冠服色)하며 제례폐백(祭禮幣帛)하고 헌작예주(獻酌醴酒)하니 이는 선도(仙道)이다. 우리 동학의 천도는 유·불·선의 3도를 겸하였으므로, 얼핏 생각하며 유도와 같고 불도와 같으며 선도와 같으나, 유도가 아니고 불도가 아니며 선도가 아니다. 그러므로 우리 동학의 도는 만고에 없는 후

천(後天) 5만 년의 무극대도임을 알라."

　동학의 천도를 유·불·선 삼합(三合)으로 집대성(集大成)한 이치에 대하여 설명한 무렵, 이윽고 동쪽 꼭대기에 아침 해가 떠오르려고 할 때 제세주께서 수심정기(修心正氣)의 네 글짜를 써서 궁을영부와 함께 최해월 북도중주인에게 주셨다. 또 이어서 '수명(受命)'이라는 두 글자와 "용담수류 사해원(龍潭水流 四海源)하고 검악인재 일편심(劍岳人在 一片心)이라." 이렇게 쓰신 결시(訣詩)를 내려주셨다.

　수명(受命)은 하날님의 명령을 받는다는 뜻이며, 결시(訣詩)는 "용담정에서 물이 흘러내려 천하의 근원이 되고 검곡동 높은 산에 사람이 있으니, 한 조각의 정성스러운 마음일세."의 뜻이다. 이것은 동학 무극대도의 도통(道統)을 전수(傳授)하는 심법(心法)인 것이다. 최해월 북도중주인은 이 말을 듣고 몹시 놀라서 얼굴빛이 변하

깨달음의 길 223

여 극구 사양하며 말하였다.

"선생님 무슨 명교를 내리시는 것입니까? 소자는 이제 겨우 도를 배우는 처지인데, 무겁고 분에 넘치는 임무를 감당하지 못하옵니다. 명교를 거두어 주시옵소서."

최해월 북도중주인은 이와 같은 말씀으로 몇 번을 사양하였다. 사양하는 마음은 남에게 양보하는 마음이고, 이를 예(禮)라고 한다. 겸손하는 것도 예(禮)이다. 근데 정상적인 사람으로는 도저히 생각할 수 없는 일이 보도되고 있으나, 이는 모두 예(禮)를 모르기 때문이다.
제세주께서 다시 말씀하셨다.

"이것은 천명인데 그대가 굳이 사양한들 어찌 하겠는가? 천명에 따르는 것이 경천명(敬天命)이고 순천리(順天理)의 이치인 것이다. 그대의 운명이니, 앞으로 닥쳐오는 교문의 모든 일이 그대의 소관임을 명심하고 오랜

세월이 지나도록 지키라.".

그리고 용담정에 모인 모든 도인에게 이 사실을 알리시어 다음과 같이 말씀하셨다.

"내가 하날님으로부터 명을 받아 동학 천도를 세우고 이제 이를 최해월 동학대도주에게 전하였으니, 앞으로는 일이 있으나 나에게 찾아올 도인이 있으며 반드시 검곡동의 최해월 동학대도주를 찾아보고 그 지시를 따르도록 하라. 이렇게 하여야 질서가 확립되는 것이다.".

최해월 선생은 이리하여 동학 제2세 종통(宗統)으로서 동학대도주가 되신 것이다. 그리고 이 사실은 전국 각 지방의 도인에게 통지하여 알리도록 하였다.

작가의 말

소설가 박현식

책을 쓰는 이유를 생각해 본다. 살아 있다는 것과 세상의 변화를 변화하는 문학으로 살펴야겠다는 생각도 있다. 그렇게 하기 위해서 꼭 하여야 할 일들이 있었다. 첫째, 역사를 생각하며 기억을 오래 보존하고 싶어서였다. 마음에 더욱 지지(識之)하는 방법이기 때문이다. 읽을 때는 알았다고 생각했는데 조금 지나면 슬그머니 잊어

버린다. 다시 읽어도 그때 기억이 돌아오지 않는다. 안타깝다는 생각에 틈나는 대로 기록으로 남겨두고 있다가 책을 쓰는 것이 기억을 보존하는 가장 좋은 방법이라고 생각했다. 둘째, 궁리(窮理)를 가까이하게 되었다. 근사(近思)가 절로 이루어진다. 여러 책을 읽으면서 내 나름의 글을 써나가자니 생각을 거듭하지 않을 수 없었다. 고치고 또 고치니 저절로 생각을 가까이하게 된다. 그 일이 싫지 않았다. 나부터 변화시키는 계기가 되었다. 셋째, 생각의 점검을 받고 싶다. 절문(切問)의 방편이다. 전공자(專攻者) 아닌 내가 선택한 견해나 내놓은 의견 그리고 그 이유로 제시한 주장이 과연 말이 되는지 묻고 싶었다. 넷째, 평생의 지기(知己)와 친지(親知)들께 드리는 작은 정표(情表)를 만들고 싶었다. 보잘것없으나 감사의 마음을 여기에 담고자 했다. 끝으로, 은연중 쓰는 일이 즐거워져 낙재기중(樂在其中)으로 일을 하고 있다.

＊ 이 책을 쓰면서 도움받은 자료를 제공해 주신 여러분께 각별히 감사를 드립니다. 그리고 오랫동안 함께 격려해 주신 분께 마음 깊이 감사드립니다.

[참고문헌]
남명 조식의 학문과 선비정신, 김충열, 예문서원
남명 조식이 김해정신문화에 끼친 업적, 김해남명정신문화연구원, 신산서원
임영섭, 사람이 하늘이다, 정민사